图书在版编目（CIP）数据

繁露映春晖 / 斯阳著. -- 上海 : 华东师范大学出版社, 2024.-- ISBN 978-7-5760-5533-7

Ⅰ. Ⅰ227

中国国家版本馆CIP数据核字第2024D7A919号

繁露映春晖

著　　者　斯　阳
责任编辑　曾　睿
责任校对　时东明
装帧设计　刘怡霖

出版发行　华东师范大学出版社
社　　址　上海市中山北路3663号　邮编 200062
网　　址　www.ecnupress.com.cn
电　　话　021－60821666　　行政传真 021－62572105
客服电话　021－62865537　　门市（邮购）电话 021－62869887
地　　址　上海市中山北路3663号华东师范大学校内先锋路口
网　　店　http://hdsdcbs.tmall.com

印 刷 者　上海新华印刷有限公司
开　　本　889毫米×1194毫米　1/24
印　　张　20.25
字　　数　250千字
版　　次　2024年12月第1版
印　　次　2024年12月第1次
书　　号　ISBN 978-7-5760-5533-7
定　　价　86.00元

出 版 人　王　焰

序

方笑一

斯阳先生的诗词集《繁露映春晖》即将出版，作者把诗稿赐我一览，并嘱我写几句读后感。我是非常乐意的。

近年来，热衷于旧体诗词写作的朋友不少。这其中，有已经成名的古典文学学者，有社会上爱好诗词的年轻人，更有在各个行业深耕且卓有成就的人士，可见诗词的影响之广，吸引力之大。

斯阳先生长期在华东师大担任领导，致力于学校各部门的建设发展，费尽心血，工作十分繁忙。然而在忙碌之余，他一直热爱并坚持旧体诗词的写作，积累有年，数量颇丰。如今汇为一集，由华东师范大学出版社出版，使我们得以了解一位当代高校管理者在传统文化方面的深厚素养与浓厚兴趣，对旧体诗词的无限热情和丰富的内心世界，以及在创作实践方面所下的功夫。

拜读这四百三十多首诗词，最先打动我的，是作者对故乡东阳的一片深情。东阳地处浙中，山川秀美，人杰地灵。正如初唐诗人崔融诗云：「越岩森其前，浙江漫其后。此地实东阳，由来山水乡。」东阳更以木雕、竹编等工艺闻名于世，这些都是作者故乡的骄傲。因而，当我们读到「刻雕红木起千鸾，篾匠竹篁丝可盘」「拟把天工凝旌幌，何妨名气付雕阑」（《故乡八咏》）这样的诗句，仿佛能目睹一件件精美绝伦的木雕、竹编工艺品；读到「青板籽料铺旧道，木雕翘角饰庚楼」（《李宅花灯》），又仿佛跟随作者的脚步，重游故地，流连于故乡的小路。这份浓浓的乡情，或缘于作者久客沪上，正如「衣锦曾梦归桑梓，不如行远阅惊澜」（《小聚》）之句，真切道出了思乡与行远之间的那一层情感纠葛和人生选择。

说到「行远」，在这本集子里，倒的确有相当一部分作品，是作者饱览各地山川名胜之后，有感而作。既为山川名胜，古来吟者必夥，要写出新意，并不是件轻而易举的事。但细品此集中诗词，颇多新鲜可观的佳句，如写杭州于谦墓：「不为一尊为国计，山湖佳处可安魂」（《于谦墓》），又如写恒山悬空寺「千尺凹崖擎木柱，百尊塑像赖神工」（《游悬空寺》），于人于景皆形容贴切。让我特别注意的，还有一首小诗，写的是大渡河上的泸定桥：「铁索悬江峡，图谋翼王围。彼时不断索，勇士渡若飞。」（《泸定桥》）我们都知道红军飞夺泸定桥的英勇事迹，而敌人曾经扬言，要让红军渡河失败，成为「石达开第二」。太平天国的翼王石达开，正是由于清军在大渡河对岸布下重兵，且抽走了泸定桥上的木板，无法率部从泸定桥过河，才最终兵败被杀。当年，红军面临类似的险境，但勇士们硬是靠着钢铁一般的意志攀援桥上铁索，通过大渡河，使敌人的算计落空。这首《泸定桥》写敌人图谋像围困和阻止石达开那样阻止红军过河，但泸定桥铁索未断，奋不顾身的红军战士冒着枪林弹雨渡河若飞，最终取得胜利。诗歌用简练的语言描写了飞夺泸定桥惊心动魄的场景，同时也写出了红军与石达开相似的险恶处境，更加凸显了红军的英雄气概。所以，本书作者写山川名胜并非仅仅停留于游山玩水的快乐，更有诸多抚今追昔的感慨，相信读者能从其诗词中体味。

斯阳先生毕业于华东师大历史系，之后一直在母校工作，对校园既熟悉，又有感情。华东师大两个校区，丽娃河、樱桃河畔的一草一木，都成为作者日常吟咏的对象。如《立夏》一诗的颔联和颈联云：「不忧夏雨洗残红，但喜丽娃着绿新。南庭草坪青一色，北塘嫩荷碧无垠。」将普陀校区夏雨岛与丽娃河作对，又用「夏雨」之本义，写其洗润残花，颇有巧思。又如《丽娃秋色》前四句云：「冬日暖阳寒气溜，校河左岸正惊秋。梧桐吊影空交耳，枫叶映身频举头。」在丽娃河边的秋色中漫步过的师大师生，大概都见过诗中所写的梧桐枫叶的景致吧。大约在十八年前，华东师大主体部分由丽娃河畔搬迁至樱桃河畔，虽然新校区没有老校区那样悠久的历史，但其中花树，经过多年栽培，如今也长得欣欣向荣，别有一番风韵。对此，斯阳先生深有感触，其《惊蛰》一诗正是对新老校园「两河」流域风光的最佳概括：「暖风挥墨画春符，脂粉轻微有若无。鸟啭几声穿柳舞，老新校景一河图。」读了这首诗，我们可以感受到作者对学习于斯、成长于斯的华东师大校园的热爱，在这样的氛围里度过自己学习和工作的时光，把自己的青春和热血奉献给这个美丽的校园，作者内心应该是充实而满足的。从这些诗词里，我们时常可以读出这种充实和满足感来。

写作旧体诗词是一种「戴着镣铐跳舞」的艺术，诗词有格律的规定，今人作诗词，更需要用传统的语汇灵活地书写当代人的见闻观感、当代社会的瞬息万变。假如脱离开传统的语汇，脱离开格律的规定，那么可以直接写白话新诗，似不必作旧体诗词。因此，在我看来，当代人写的旧体诗词，是「旧瓶装新酒」，无论「酒」怎样新，那个「酒瓶」必须还是古旧的，旧体诗词的韵味即在于此。《繁露映春晖》是斯阳先生献给读者，也是留给自己的一瓶好酒，相信好诗者一定能品鉴出其中的佳味。

二〇二四年国际劳动节序于沪上

目录

莺啼序　金华赋

争华金星婺女，恰东吴初许。东阳郡、盆地金衢，岭峰碧水稻土。从来听、吴歌越韵，人文鼎盛称邹鲁。念咽喉浙中，兵家必争戎戍。

烟雨江南，巍然北屏，大仙黄宫慕。看溶洞、始入低船，石雕双龙洞府。八咏楼，江山指点，慨北伐、宗将先炬。举笔枪、革命功勋，气吞螭虎。

斑斓墨翰，清唱弦歌，雅调婺剧羽。桥龙长、记忆千数，竹画高耸，变阵盘蛇，爆竹歌绪。春秋社戏，祈财祝寿，南宗千载年关影，见斗台、精彩求师祖。成罗汉舞，尚武风气飞扬，助兴豁拳几路。

江流八婺，天选之州，正革新鼎故。看今夕、通商开埠。中国永康，亚洲横店，世界义乌。欣逢盛世，长江三角，浙中金华融一体，乘东风、改革正帆举。木雕火腿且呈，砚磨添香，付之乐府。

七律　故乡八咏

一

横锦坝顶极眸宽，东阳江头流潺湍。木筏竹排穿畈野，能工巧匠没山峦。
沓波西递歌稍歇，火腿东传官道抟。曲酿糯酒情智处，商人红顶上海滩。

二

刻雕红木起千鸾，篾匠竹篁丝可盘。江南民居孤月皎，皇城高阙日练寒。
蟾辉恰合金盆熠，鸿鹄焉随燕雀看。拟把天工凝旌幌，何妨名气付雕阑。

三

东吴置郡东阳前，治县吴宁东汉渊。垂拱二年唐建制，婺之望县美名传。

涵碧亭画禹锡款，西岘寺峰佳山泉。且隐不仕成志行，歌成十劝敦和宣。

四

祠堂族谱忆迁行，携技重文德尚堂。念北向南藏影迹，歌山画水抒衷肠。

崇文重教读书好，耕读文化百载庠。文脉昌盛藏不住，功名牌坊显荣光。

五

雅溪古宅紫光浓，画栋雕梁耀族宗。

壁映华章风雅颂，坊铭勋业义情重。

肃雍入史卢家厚，树德扬名现世恭。

天赐祥云添喜贺，门厅开泰笔架峰。

六

宋濂早写妙文章，莫问马生孰可彰。

石洞书场兴郭宅，文教之地圣明扬。

源流悠长承遗训，想做能成旋律长。

桃李天下浑不觉，潘郎严伯量子香。

七

开放改革虎龙欢，闯北走南四千干。北乡南乡八面山，高铁高速四维宽。

皮靴草鞋说教懒，粗饭梅菜博士餐。教授之乡才冒笋，应许之地有擎竿。

八

盛世繁华中天阳，东白风光永磁强。共富乡村文化苑，赋能市场数据香。

飘飘横店好莱坞，广厦巍巍大学堂。经济十强浙中看，改革潮涌启帆航。

七律　新居

半世劬劳寻稍息，故乡风物总牵依。
几分愁绪残垣貌，一片亲情在近畿。
燕舞新梁花满地，鹊鸣琼树小楼巍。
浮生若问最欢喜？转来驱车跨步归。

七律　纳凉

院前春凳夜寻凉，倒挂葡萄绿帐房。
一线银河星数几，百虫萤火作光囊。
牵魂明月井台近，绕梦清风塘埂长。
摇篾驱蚊呵护久，外婆扇送稻荷香。

五律　童年养蚕

蚕儿筐里饥，放学理桑枝。
化蝶为繁衍，推恩作茧时。
啃裁青绿叶，绕吐白银丝。
勤苦谁怜惜，绸衣他人披。

七律　外婆豆腐

黄豆浸泡如碧玉，青石推磨挂琼浆。
沸锅点卤豆花起，纱布铺框固为方。
凉拌葱花真入口，烤煎三角遣先尝。
外婆豆腐堪寻味，滋养童年身体强。

行香子　登茶山

水秀山清，空气澄明。弯弯绕绕溯溪行。微风清露，飞鸟惊声。看种茶辛，采茶舞，嫩茶烹。

从丛碧玉，层层松木。海拔渐高雾曾盈。间茶阵势，淡泊心宁。见林中姑，牛背鹭，弟兄情。

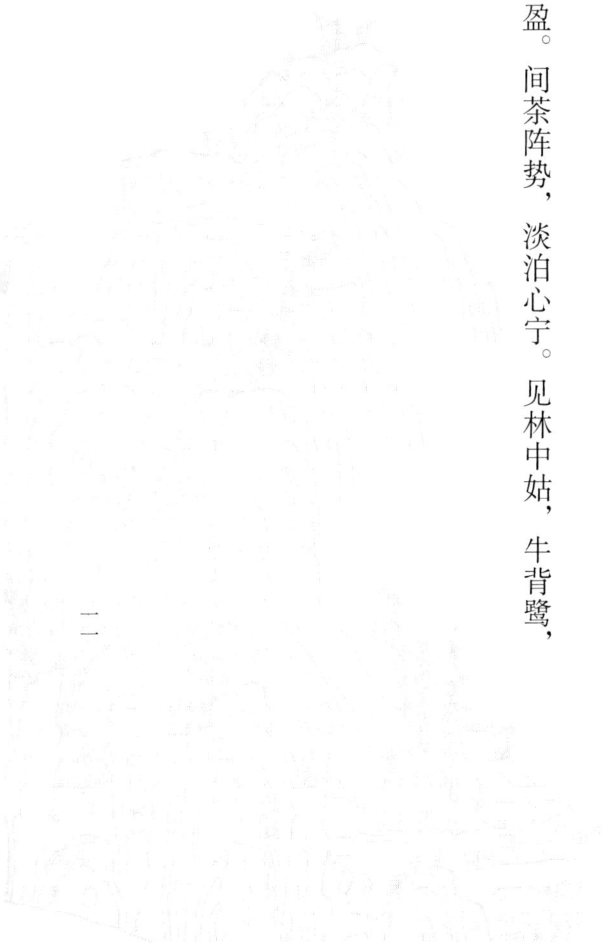

辞岁

时光如梭岁将辞，诗赋沉吟寄情思。朗月霁风摇桂影，疏枝嫩柳顾清池。
菊呈野径开清韵，燕遁雅室觅新枝。独步红尘心亦静，桃园自在梦中滋。
绿草芳洲添雅枝，梦随红袖舞风时。偷取馨香心在汉，人生若梦咏怀词。
雪天际远约来迟，顾影东窗映茜姿。静听飞花含韵曲，轻吟窗下有缘诗。
几声新语云中月，一树红梅雪里禧。最是多情凭鸿寄，马良画笔兔年师。

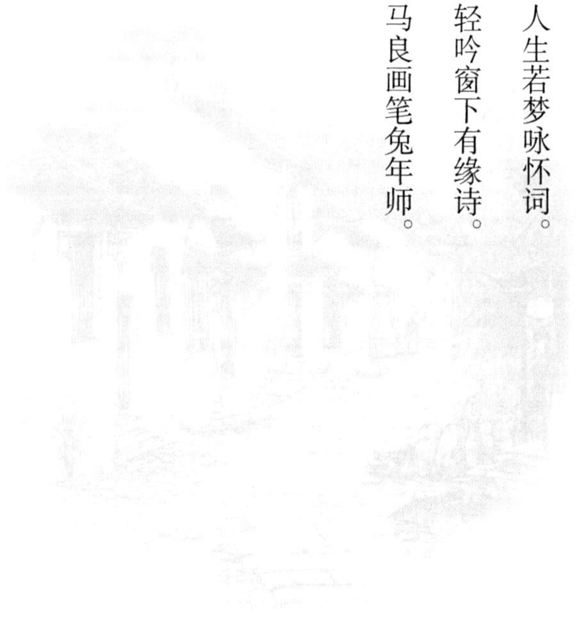

五律　踏春三题

一

田畈油菜黄，晕动入梦乡。
苗壮欲牵露，湖盈烟雨茫。
风来花浪漫，桨尾越人行。
蜂蝶留飞影，鹭鸥竞相庆。

二

舟行绿又蓝，双影意正酣。
桨乱西施影，飘丝印玉潭。

亭台观画卷，湖山指点谈。
霍闻越歌起，陶然风景谙。

三

还寒东暖赊，今日更光华。
枝软身窈窕，碧幽树影斜。
玲珑沾玉露，弄舞转轻裟。
前苑犹不发，嵌镶后庭花。

声声慢　归去来兮

思归早逸，乍暖祥和，蓝天白日洗碧。浙里风光，农墅陌上几宅。钱塘歇脚坝畔，跨海湾、卧龙留迹。百十里，绕山忙，穿洞不看佳色。

紫陌交通添翼，飞碟品、请来健身游客。行走卢溪，社俗满眸喜剧。缤纷横飘有采，大清园、那样矗立。此景美，任墨染，犹若国画。

江城子　仲秋乡愁

金风玉露梦亲旁。荷莲黄。桂花香。东海转头、望断梓桑冈。又到仲秋杯映月，耕读季，建工忙。乡关深处最情长。荡回肠。念慈娘。旧燕归来，还寻故园梁。骚客青丝仍满鬓，基因赞，遣谁讲。

卜算子　胎记

何以胎记生，自是母亲带。意念符号作标识，提防遗丢爱。

曾经很稀奇，美白真无奈。印记虽然藏起来，化作相思海。

西江月　横店

八面山头风景，斤丝涧处繁花。皇城小坐赏红霞，青绿卷收图画。

圆明新园入镜，鸿篇巨制赊夸。且泡龙井小杯茶，品着横漂雕架。

七律　李宅花灯

故乡李宅荷灯牛，热闹元宵乐未休。
青板籽料铺旧道，木雕翘角饰庚楼。
月塘龟荷明清景，宫火悬祠如意钩。
酱漂馄饨时集至，木枪竹马几曾游。

五律　做客山居图

南乡山麓村，顺势起庄园。
门对八面秀，窗含紫竹源。
一眸吴越景，半庭梦桃源。
籽玉流连意，雕工镇驿轩。

七律　巍山大龙灯

侄儿羁泊舅家静，讽语曾相进士骋。
羞滴立坊成事囧，板龙巧制欲冲梗。
大龙身巨御牌毁，大道通衢民意警。
守正俗成龙板矗，欢天喜地闹巍屏。

五律　元宵节

冰轮玉宇行，人间上元迎。

狮舞比轻劲，腾龙百板惊。

汤团香喷喷，火树闪闪明。

民俗千年传，笙箫团聚情。

七律　仲秋有聚

数团卷簇倚东篱，八面来风绽蕊奇。
繁华南乡非自誉，陶然盆景值今时。
融和秀色笔临摹，幽暗清香桂所贻。
且拜明轮甜酒醉，歌山画水赋秋辞。

七律　高考

萦窗翠柳紫升烟，值日公安怎静焉。
书有墨香随眼录，在胸成竹思喷泉。
一行又近贡院壁，一乍还惊中暑前。
开战已无回头箭，功名直取再酣眠。

七律　五一返乡

三载初尝高速艰，金衢在望雾遮山。
古时出行排溪渡，今日归乡车洞关。
一对斑鸠巢自占，数枝月季篱先斑。
名家忠孝斯敦始，吴越千秋盛世间。

五律　采田荠

乡村承暖阳，土埂野荠长。
锯叶青青嫩，花茎淡淡香。
下蹲根剪采，篮上叠丘装。
馅子包成饺，抢先味美尝。

七律　家乡巨变

浙乡建设嫯天楼，且上新台极目收。
白鹭长塘前苑翠，大棚蔬菜垄田鎏。
竹林江畔剧团藏，康院红松早布谋。
体育文化规划好，人人社保度春秋。

七律　归乡感怀

歌山画水百强辛，东白登高盆地晨。
曾爱雕梁红栋色，又逢影坞横漂新。
迎来帝苑游园客，留住魔都探亲人。
东阳江头曾竹渡，西流东进达江津。

五律　放孔明灯

灯笼时节开，红亮载梦来。
暖气鼓欢呼，高升不逗徊。
眸中凌云志，心里火红财。
夙愿飞天去，初心擘画裁。

八声甘州　庆祝教师节

计中华上下五千年，尊师历朝端。教育曾救国，披肝沥胆，苦乐何言。粉笔教鞭讲义，且戴教师冠。国立新坛筑，科教争喧。

传道授业解惑，积千年智慧，守正开源。自由全面长，心血培英贤。节日笑、李桃天下，颂园丁、谱系脊梁间。中兴路、人才辈涌，独占鳌鼋。

念奴娇　丽娃河

吴淞江畔，遗一弯、丽娃栗姐邨立。东老旧称，追电影、桨拍柳丝芦碧。俄白翩翩，客鸥奕奕，燕舞莺歌唧。子夜曾泊，一时声誉飘逸。

遥谢捐献西河，乃形归大夏，洋楼湖石。赤水虹桥，连接处、学子往来稠密。夏雨风清，蜻蜓戏菡萏，品香闻笛。青年文艺，天堂诗誉何夕。

柳梢青　孤山故事

坪草坡斜。宋皇故苑，柳舞烟霞。气暖风轻，人前香玉，春在梨花。
谈天说地无涯。时迁顾、拎包不赊。起行孤山，海棠初醒，得失留咱。

贺新郎　佳期

三月佳期炫。恰那时、乱红无数，朵儿折鲜。诚意从东方携走，天气自然温暖。富贵相、玉光无限。奉职校园三载整，尚善行、奋进青春献。家国顾，同窗羡。

虽然百里星期伴。两地书、总为丝念，共题团扇。生活如歌勤清嗓，情路双程车晚。费思量、如何家安。且看东风桃花艳，映面红、皆入栽斯苑。谁为我，和声赞。

临江仙　笑谈

初识如今频梦见，当时云卷飞扬。曾经俱已作商量。任然心野动，缘分与谁尝。

才觉春来秋已暮，这般难聚还降。臀丰面说旺夫相。对歌当有醉，谈笑自然狂。

多丽　临安护厂

寒冬近，小车护厂奔驰。算从来，生机火热，问津沪上时悲。溯溪流、叠峦横坝，满坡松竹翠霜眉。崎路销魂，落阳如血，万千琼华压枯枝。竞唏嘘、遗丢机器，厂舍俨然凄。纵怜惜，无言以对，时运如斯。

恨萧萧、猖狂盗贼，角梁抢拆偷移。驱还追、法不责众，绩溪请警察无辞。守住关键，且图且舞，时光懵懂计归迟。决策误、超前指点，身陷自不羁。那清静，人生苦谷，听禅相宜。

满江红　喜庆

黄道秋深，优雅聚，红呢颜腆。已三载，郎才女貌，痴情如串。邂逅机缘修硕果，晶屏磨砚香熏暖。景光驻，挑吉日良辰，庆双宴。

峰谷阙，长路漫。登御道，何知倦。暗香闻九里，欲登银汉。仙气洞居红酒品，桩头系马观前苑。绽青春，欢喜佛同请，真诚见。

满江红　赞普陀

大庙斜阳，郁落密、工人烟火。苏河湾、径留疏淡，银锄山垛。驾长风任横短艇，尽将团建归园坐。那时光、到此忘回程，郊游过。

时代好，盘地火。人靠谱，事办妥。绕玉佛禅寺，真如迟课。塔顶环球西望处，创新园里期成果。有道是、建教育园区，居民贺。

莺啼序　再回首

还凉有杯米酒，臭煎香飘户。燕来晚、飞入东郊，似说好事磨堵。画舫载、春秋过往，蒙蒙烟雨嘉兴树。念羁情飘荡，运河拱桥轻渡。

几载南湖，走读赶脚，趁青春软露。渊源溯、越女杭丝，织编江南娟素。倚红屏、春宽梦窄，过周末、双程车旅。慢光阴，春去夏来，还伴鸥鹭。

幽兰旋华，一里石溪，水乡曾寄旅。别后访、虹桥无语，往事水逝，碧玉埋香，几度风雨。波金顾盼，霞光剪影，舟头生活正如漱，记当时、清绿可游渡。斜阳早下，马达停歇无声，冲刷精神尘土。

东方望极，开放浦东，正筑巢有序。自窃喜、成双机遇。认可辛劳，进沪标指，破格欲舞。殷勤待写，还能蓝印，无论怎样将团聚，细道来、感谢师长助。江南百里心情，小满车皮，且留歌赋。

满庭芳　两地书

小筑圆升，香浮卯径，紫藤婉约庭窗。谁人清啸，缥缈过河廊。点滴夜深情愫，怎与我、一样心肠。别离后，薜笺周递，香袖积丝囊。

古园还旧色，芭蕉楼暗，绿盖时光。独欣赏，曾经恁地轻狂。还距百里相望，曾努力、停歇中央。书金笔，揉成团纸，徒剩几诗行。

七绝　春游

柳梢青处鹭冲池，桃花红时鹊踏枝。
江径风光那样好，春梦出行选几时。

画堂春　小别

殷红绣在碧玉葱，印封幸福芙蓉。凭阑双手捻鹅绒，粉嫩妆容。

归去频催心事，涟漪思想风动。一愁相视盼重逢，小别情浓。

鹧鸪天　红枫

霜后江南变幻佳。斑斓七彩翰林家。欢歌大地作秋梦，荡逸晶莹润岁华。

枫变色，念成裟。相思题就面如霞。钟情一叶埋书里，不晓如何寄与他。

鹊桥仙　浦东开发

流云堆梦，芳心倦瘦，总记时光辜负。热夏难过又初秋，检票后，方能上海。

人生幸福，理难言诉，几度鹊桥未足。今朝喜闻开发音，载不尽，浦东情絮。

七律　喜从何来

喜从何来神气爽，数年炼狱奖登堂。
树人立德初心在，守正创新搭档强。
软件攻关高可信，黉门携手纯真尝。
学院核算最先试，改革方知奋斗郎。

七律　学院规划

新年伊始计划豪，极目江天逐浪高。
昔似飞鸿行雪泥，今犹白骥挂新袍。
红尘不惑驾轻就，新院毛坯更操劳。
诸事顺遂如福将，聚贤引博欲占鳌。

五律　古木清晖

誉称活化石，当然色若金。
朽木生冠华，喜鹊乐登临。
学子书签慕，诗人悲叶吟。
旁枝藏白果，微苦药清心。

鹧鸪天　文脉廊

紫竹幽静廊道巡。河心岛畔看流云。轻杨堤柳条丝翠，左岸黄鹂倾耳闻。

春姑返，夏蝉呻。莘莘学子诵黉门。莫愁闵苑芳菲尽，尚义初荷日照新。

满庭芳　秋分

夕照登桥，碧空如洗，鹭鸥飞过堤岩。仲秋有味，银杏最深谙。翠绿悄然黄透，倚栏者、拾起签谈。时机过，金色无觅，深浅怎么探。

静思多半是，河旁羁履，对景禅三。总负了，青春眉眼娇憨。题就书笺无寄，于脑海、平仄相参。心安处，美丽依旧，风晚裹衣衫。

七律　校园初冬

梧叶迟疑黄欲坠，阳光不懒季临冬。
西塘衰荷折昔锐，东篱花黄驻艳容。
晓角未言霜露冷，立冬犹道暖和雍。
学生最喜双休日，对话连场大戏丰。

五律　校园雪景

天将斗酒悬，揉碎吉云颠。
长空琼花洒，人间谢赐仙。
银簪镶落木，瑞雪兆丰年。
踏雪寻梅急，飘飘学子翩。

五律　冬韵

绿水残荷观，梧桐色板看。
虫二风旖旎，半岛尽斑斓。
莫道庭萧瑟，且言堂菊繁。
时光虽静寂，至味是清欢。

七律　大雪校园

漫舞鹅毛难得遇，校园一片玉脂桐。
绒花妖娆河间舞，梅瓣含晶白里红。
古木雄姿披铠甲，寒冰封冻印彤穹。
寻梅踏雪今朝趣，打仗堆人如学童。

行香子　樱花道

前面栽樱，蹊成几行。望河边白鹭飞翔。粉涂枝叶，露染红妆。喜瓣花飞，蕊花艳，繁花芳。

阳光一束。常闻常醉。伴清风任意徜徉。美丽短暂，裁入诗行。纪树中情，笔中画，韵中章。

七律　校花之咏

出淤自洁品行庄，濯水尤闻吐蕊香。
夏雨仄平吟短曲，秀波韵律咏长塘。
田田翡翠摇光景，熠熠珍珠镶玉囊。
莫教开时翰院动，蜻蜓却比蛤蟆强。

七律　雪松之咏

喜马拉雅出身恭，散叶开枝自从容。
巍峨群山根扎实，长江流域育优雍。
压冠大雪成高洁，怀抱风霜竖碧峰。
咏赞栋梁高处看，虬枝铁杆校徽逢。

七律　贺文化地标横空出世

深秋桂子戴黄冠，金碧辉煌透石栏。
流水高山能尽谊，殿堂艺创可同欢。
绕梁天籁饱耳福，白雪阳春好佐餐。
力行十年文化志，凯旋一曲入云端。

七绝　天台观樱

恰逢四月校樱开，漫舞娇姿韵石台。
忆起那年苗植处，繁花夹岸斯人猜。

七律　河畔书吧

东风小筑世无伦，坐拥丽娃四季春。
博群交流堂上请，香薰墨咖画传神。
红砖雕镂留师影，林樾花光醉学人。
万卷诗书铺锦绣，旭辉一束照奇珍。

五律　访大夏印社

秋高桐叶空，潮汐校河通。
坐爱篆镂秀，闲观笔墨功。
金石文载道，宣纸印朱红。
文曲星辰耀，吾庠好学风。

七律　青年史学

青年史学称号恭，学子原创不受封。
探索争鸣天默许，释经文论海涵容。
蜡笔油印初弦月，铅字排划风晚松。
演绎春秋曾赶急，几时真得计划逢。

定风波　校友日

暖日临窗映绿纱。丽虹秋水印云霞。数树枫枝红欲赊。且夸。脸庞洋溢自芳华。

校友返来小路满。当年。青年文艺灿若花。哪系几届勤相问。音信。心心念念欣回家。

卜算子 青年节向前辈写信

五四逢大庆，花样年华少。团日成才巧设计，欲辟阳光道。

光华子弟骄，那阵风雷啸。抗日救亡留青史，敬颂曾缔造。

青春幻想

一池碧玉撒，一朵粉红香。素面承朝露，闲情向暖阳。
忽闻圆圆笑，曾经少少狂。细数无心过，轻抛恣意妆。
出泥身高洁，好梦也溜光。心花层层剥，幸福坐莲床。
荷伞且遮阳，青蛙亦成王。高处谁弄弦，玉山吉水长。

七律　闵大荒

秋池数片赤枫眠，几笔云霞染夕烟。
白鹭依依蒹葭里，波光粼粼木桥前。
菊开陌上呈金色，鸥舞湾中逐浪船。
曾称大荒今难觅，科创艺创半边天。

七律　绿茵场

天台遥看绿茵场，曲水蒹葭忆刻章。
飘喜红枫书笺影，消愁丹桂晒秋凉。
神游天际惊阳月，定格湖山意气扬。
漫步樱园三载景，秋风春与几回尝。

七律　校园夕照

闵行夕园鸥鹭占，天台拾步镜头宽。
校河潮汐柳风舞，樱木砖红花已斓。
封顶大楼长臂绕，铺张竹简紫光盘。
诗书饱读人忙碌，为睹珍藏误晚餐。

七律　毕业季

蒲夏暖阳游中北，打卡拍照衣裳夸。
高光学子师长乐，傍月金星咖啡花。
夹竹桃开丽娃静，夏雨岛横彩云斜。
青春穿越河东西，向日葵映大中华。

五律　慰刘翔校友

苍鹰鸟巢情，睁翅羡翔轻。
磨喙击崖壁，高腿栏跨争。
练成撒手锏，不意踵根惊。
他日整新羽，且留伦敦鸣。

七律　汉武帝茂陵

汉朝高冢茂陵荣，铁马玄弓西北征。
势荡匈奴铭北漠，打通丝路酒泉盛。
藏娇金屋已过诏，儒术独尊纲目清。
筑拜黄陵功不朽，始为汉族播雄声。

七律　游方岩

此从家校赴永康，久慕方岩约骑行。
红寺圆山烟火客，丹霞翠竹往来香。
胡公实干人尊敬，为仕清廉自闪光。
不远百里参拜后，欣然回府正丹阳。

七绝　国清寺

玉遗浙东香木掩，瀛洲宗脉塔观瞻。
一从盛放隋梅后，朝圣天台和合占。

七律　蔡宅游记

千年古邨独风流，虎鹿相邀画中游。
密竹幽泉闻玉笛，飞檐墨翠见金瓯。
方塘如镜朱熹照，廿四成居蔡某修。
红色临委曾驻驿，源头活水入新楼。

七绝　永定土楼

石桥溪水客家场，沟壑林深避国殇。
方圆土楼防御强，保圈文脉血缘长。

七律　黄鹤楼

楚荆江汉畅融流，屹立千年黄鹤楼。
滕王阁名王勃咏，崔颢诗望李白游。
从来才子彰风景，况是阳光照岸洲。
画栋雕梁今古撼，望中三镇思悠悠。

一剪梅　观秦始皇陵兵马俑

似虎如狼陶俑凶。迢迢岁月，今古相逢。遍寻坑道馆长言，原为彩陶，个个秦雄。

世界奇观脚步匆。历史千秋，感念苍穹。纵然曾记起焚烟，遥敬嬴皇，开国奇功。

水调歌头　登黄山

才饮徽城水，思绪已仙途。鲫鱼背上、腿脚当有练功夫。进退为观险境，指点象形无数，脚手并相扶。俯瞰众峰小，登顶爽还舒。

莲花奇，光明顶，恐梦苏。客松猴石、排云北海上天都。山脚温泉三瀑，岫壑巨岩茶树，谷寺展宏图。归去不看岳，风景世当殊！

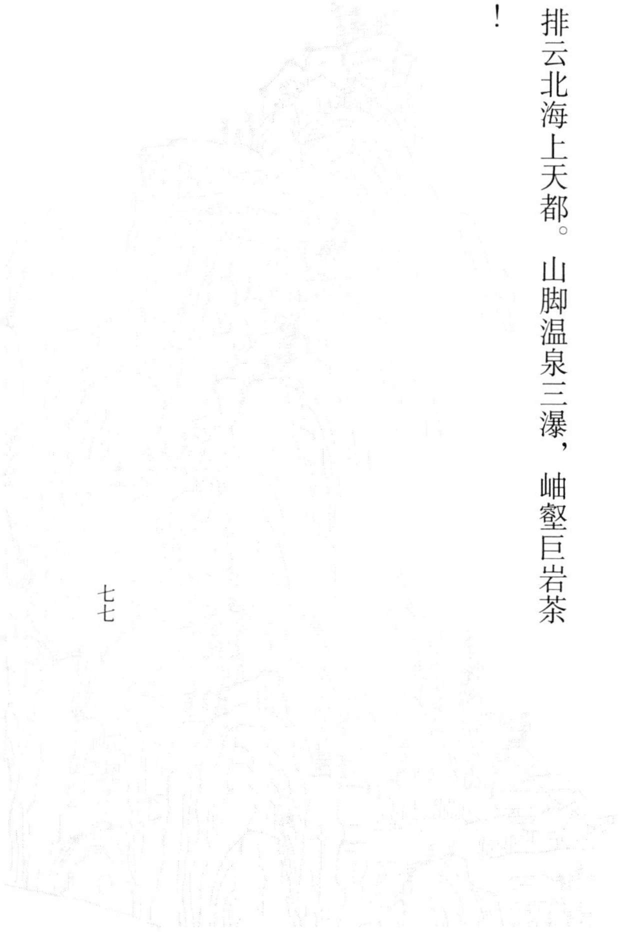

念奴娇　潮汕行

拾机闲观，巡百越万里，工会情牵。音古依稀摇碧树，风动岭东秋晚。雁阵南归，筝吟声慢，值鹅头潮汕。神明如许，渡洋过海缭乱。

善行千载源流，韩江广济，矗开元度岸。梦绕魂牵侨宅好，族谱风流裁剪。工夫茶泡，英歌且舞，美照诗心倦。红头船月，惹来丝路无限。

七律　游东坡书院

同辉三代轼尤聪，词冠担当后世躬。
竹翠格窗琴欲润，花缀栏杆墨香融。
酒温茶煮苦中乐，笠戴蓑披风雨翁。
起伏人生成大事，还留美誉肉烧红。

七律　游悬空寺

恒山龛佛揽怀中，一寺粘崖悬半空。
千尺凹崖擎木柱，百尊塑像赖神工。
身临峭壁红尘远，心念三教自悟通。
下绝器浮禅意上，金龙北望带秋风。

七律　拜谒岳庙

泥马临安天子驿，重文抑武宋开衷。
莫须有处皇权计，北伐军威大帅功。
报国忠君王庙立，奇冤昭雪满江红。
以奸为鉴从头阅，安内攘夷今古同。

五律　五台山朝圣

台峰行太虚，抗日中间据。
白塔逢僧定，晨钟隔世疏。
众生灵拜谒，方丈拂尘书。
抽得签上上，路居石已锄。

五律　甲天下

惊艳飞来客，南天扑面香。
清风传绿桂，漓水戏青象。
目眺峰林近，心闲竹尾长。
听泉溶洞碧，照验贴花黄。

沁园春　游西湖

素颜红妆，西子相宜，江南雨烟。看三潭印月，婵娟成对，断桥残雪，娘子情专。柳浪飞莺，荷塘听雨。山色湖光醉客船。鸟鸣处，保俶情耸立，千载巍然。

想苏轼孟瑛贤，引无数文人墨客传。慕于臣岳王，国家梁柱，湖山佳处，代有遗冠。西泠悠悠，虎泉汩汩，更有芽尖龙井天。姻缘定，喜天堂人间，盛世登巅。

鹊桥仙　海南岛

天涯椰岛，银沙绿水，鸥鹭云飞暂歇。波涛声咽碧玉翻，威武处、猎如红霓。

博鳌漫唱，指山飞越，看尽雨林千叠。金刚大力笑文昌，拔地起、海天明月。

七律　丽江古城

土司遗筑世无伦，坐拥神峰四季春。
泉水自流溪入户，民居雕镂色传神。
纳西丽影竞歌舞，玉龙神山醉客人。
大理国中光影秀，神州大地有奇珍。

五绝　泸定桥

铁索悬江峡，图谋翼王围。
彼时不断索，勇士渡若飞。

七绝　都江堰

青城山下李冰贤，治水分流框卯联。
鱼嘴开分都江堰，成都灌溉富饶延。

五绝　古塔

一塔七层矗，砖青历史遥。
休言身姿败，照样镇河妖。

七律　黄鹤楼感怀

登临胜地敬名楼，墨客文人纪上头。
三镇矗林生紫气，两江层浪润神州。
白云远影黄鹤去，桥火江风鹦鹉愁。
神鸟难卜那事变，龟蛇催眠任沉浮。

七律　浙东游

朝圣之旅浙东巡，绕水环山千载论。
魏晋之流山水起，唐诗之道骚人循。
嵊州唱曲百年创，越剧小花沪上新。
今日且穿灵运屐，登高竞渡倍精神。

七律　登泰山

拜完孔庙泰安游，千柏枝盛御道牛。
钟鼓春秋山顶寺，香烟百姓紫云楼。
众山一览喜来客，崖刻难描咏岳丘。
祭礼登高东方利，问道石径古松幽。

七律　东北振兴

火山远古浪浆凶，时间凝固群像封。
幽藏黑尘千里沃，性情修炼见雷锋。
弯河堰塞五连池，独秀天盆遗几峰。
东北振兴需出口，且望瞎岛巧缘逢。

七律　哈尔滨之冬

寒月霜风冰国奔，晶宫玉阙亦柔温。
童真雪白颂欢乐，笑脸红妆土豆圆。
殿宇繁花人喜庆，大城宝塔藏灵魂。
一帘清梦雪橇载，哈尔滨成蓬莱村。

五律　桂林

天然溶洞凉，山影引江行。
驼顶寻芳梦，阶前拾蕊黄。
雀雄开翠屏，新客走方塘。
人道甲天下，须留一缕香。

七律　青海湖

祁连云横戴银冠，王母遗珠落玉盘。
天地交融欢喜佛，水天一色镜明端。
经幡五彩经文动，坡半黄花游客欢。
海子情怀望日月，满湖宝藏欲探钻。

七律　走临海城墙有感

抗倭浙闽大名豪，临海砖城固守牢。
雄起戚刀狼筅长，寇惊鸳鸯虎蹲操。
新修长城闲征马，末路英雄卸战袍。
平宁海波身靖国，祸从庭议忌猜遭。

七绝　应县木塔

释迦塔木榫卯牛，风鸟飞檐曾望愁。
唏嘘辽金亡国事，千年屹立为何留。

五律　跨海大桥

湾大揽吴越，横流江海茫。
天琴中天竖，浪涌月圆狂。
七彩一桥虹，须臾百里乡。
神龙东海驻，傲视太平洋。

七律　赤水行

峡裹赤水翠双屏，突兀丹霞竹色青。
四渡曾经崖染血，西迁谁道文昌灵。
人摩雨蚀成红迹，石刻描金有现铭。
醋意酒香山涧故，百年大夏感恩听。

七律　武陵源归来不看山

武陵云长锁层峦，突兀天梯秒顶盘。
穿越天门心猎险，墨留峰笋自高端。
画廊影像悬如染，溪里人鱼石上欢。
许是凡身临道界，西湘仙众指澄澜。

满江红　赤水情

暴雨初收，碧空净、飞鹏轻落。边黔蜀、山高云长，竹风醋若。曾记丙安红队渡，屡将随尾甩滩落。那时艰、当此念征程，伤迁泊。

百姓好，盐舟陌。波似染，丹霞削。绕飞瀑深潭，虹显鱼跃。三苦育人成善事，大夏赤水文昌约。考察来、一曲校歌吟，师生乐。

菩萨蛮　赤水大瀑布

谁持白练当空嬉。翠微涌起千倾丝。绝壁丹霞垂。玉龙山涧驰。

天音神女吹。若水淋漓致。壁顶品仙姿。人间赞美词。

水调歌头　长白山天池

秘境清祖圈，喷发造天池。玄崖巍峨，气势磅礴雪峰崎。雪谷泉流淙淌，松桦声浪荡漾，华盖长山逶。玉树银花艳，雕饰雾凇枝。

行神道，达琼顶，赏天姿。水静成碧，仙女那处洗涟漪。日照玉山岁月，云锁瑶池迷密，人道佛光慈。胜境憾新阕，感慨赋辛词。

七律　西塘游记

毓秀西塘千古传，越天润泽显盛昌。
石阶碧水马墙白，巷弄回廊一线长。
棹泛乌篷通四海，旅停楼阁品鲜香。
江南烟雨繁华地，且唱田歌鱼米乡。

七律　广州塔

珠江两岸璀璨天，恰有蛮腰浣纱仙。
晶幻长桥霓虹烁，斑斓高塔玉容玄。
游船上下穿南市，龙舟高低望海川。
校友热情新著赠，拥谈美景泡茶先。

七律　东方之珠

乱云飞渡入香津，东方之珠繁华真。
跑马山前兴博彩，会展湾中紫荆亲。
才瞻黄仙烟丝绕，且食斑鲜鱼获珍。
曾纪筒居和汗泪，回归赤子绘长春。

七律　澳门回归

珠海澳门一跨近，相连山水历红尘。
台山炮锈碧空净，遗迹三巴故事真。
浪吻沙洲兴博彩，行通海内利公民。
广场才观金莲闪，又祭妈祖庙阁新。

五律　迪拜游

披袍迪拜猜，沙漠却流财。
眼望海湾去，游探沉陆臺。
通天曾筑塔，借力建高台。
一镜红尘锁，尊重斋食催。

扬州慢　游吴哥窟

叶盛繁花，雨林热带，时空隔断帷帘。惜罗盘错转，误佛国蛇簪。久遮盖、烟消云散，天灾战乱，断壁残檐。剩些些、黑面雕像，斯景谁谙。

赏那探险，换来那、佛国重瞻。称七大遗存，天工巧夺，尽赋宫严。窟刻女男仍在，空游荡、岁月无谈。此愁肠惜绪，不堪回首仙凡。

引驾行　夏宫

庭花五色，镶几颗海珠钻石，夏宫藏，匠心巧，鸳鸯易北河书。王居。游人愁处，资料只有凭鹦鹉，电车情，热球趣、鞭扬楼顶驷车。情符。泉绿深山喜、天鹅湖里传轻语。几只鸟呢喃，欲隐去，飞往东都。

念奴。河边水草，已将镜片留储。暗忆正芳华，分钗帐里，仕画惊初。踌躇。纵使还重操，红枪无计破虔愚。历史看，盟约纸在，怅心理无据。

七绝　吴哥窟蜘蛛

纵横天地八卦留，有去无回娥姐愁。
文化蛛王悬字幅，神奇一网佛墟秋。

七律　进博会开幕

丝绸之路陆先通，万国来朝市西东。
早闻驼铃葱岭远，暮听船帆大洋风。
曾经寰宇宋瓷器，放眼欧洲普洱功。
互利双赢商贸系，和平共处享大同。

七律　杭州亚运会

银花烟树映金秋，且聚西湖荡小舟。
桂绽飘香飞云外，菊开吐艳占魁首。
数智火炬健儿舞，招展旌旗万国浏。
神韵绕梁观盛会，天堂人间看杭州。

七绝　于谦墓

曾经风雨栋梁冤，数百年来俘君昏。
不为一尊为国计，山湖佳处可安魂。

七律　青龙寺观祥云

西行青浦石墙沿，佛角残塔泛绿泉。
静坐高僧敲岁月，往来信客拜神仙。
鼎前香火日常旺，院上飞龙异样缘。
修行无能常小善，吉云禅寺越千年。

七律　登西岳有感

普天之下华山雄，据地连天五岳中。
东牵黄河千万里，西探阿房百千宫。
道观仙庙临苍月，刀削斧成柱日穹。
或遇哪峰神行在，大华称国赖花功。

喝火令　遵义

转折遵义会，军旗长征扬。故居幽雅翠华堂。最是丹霞春光，酱酒赤水酿。竹舞玉脂软，山径自爽凉。直上松岗抒情唱。指点会堂，指点旧战场。指点两岸风光，圣地志气扬。

七律　八一起义旧址

南昌起义信号枪，红色军人冲上场。
万里征程凝铁流，多年抗战炼成钢。
建功立业宏图展，保国安民盛世章。
试看寰球谁敢敌，军旗猎猎百年扬。

七绝　贡院

秦淮十里画舟游，不见丽人月带愁。

前是江南贡院处，为防作弊小间修。

七律　漫游

七月流火下东京，梦幻漫步游湖边。
香汗点滴喜灵隐，柳浪不兴亦闻莺。
断桥残雪有仙影，雷峰塔顶望南天。
山水恩爱无惧色，一只鹞鹰入眼帘。

七律　游西山

西山绝景卧波龙，果木葱茏景色蓉。
秀美湖中多岛屿，石公望月两心同。
林屋有洞岁月融，歌舞在廷未始闲。
几缕暗香清肺腑，不改天真是红颜。

七律　西游杂思

岁月风光机缘转，一半有晴一半恙。
日暖化冰君子愿，春水深浅天山源。
抬头天宇星光萤，俯瞰山南剑气奔。
莫道雪山芳草地，冲锋不止破城夯。

五律　天平山麓

口口天平传，如霞坡上燃。
云游湖里走，情牵枫林前。
枝老垂寒意，佳人毛衣妍。
莫言秋已暮，心暖居不迁。

七律　银川

江南塞上赖河黄，西夏王陵自凄凉。
览胜固原师苑大，探奇土堡腹田长。
贺兰山缺通蒙外，太阳神圆岩立羊。
源石酒庄心地阔，山魂且品寄他方。

七绝　七彩丹霞

河西张掖景观神，出浴香妃籽玉身。
试镜穿衣翩起舞，披纱七彩自然春。

七律　崇明芦花

数年禁足自由无，登岛环行生态娱。
秋水潺湲天一色，芦花飘荡任三呼。
鸥追浮蟹蒹葭外，人恋渔歌民宿租。
乍看拟为香妃舞，却成动态和谐图。

七律　逛平江路有感

吴侬软语最舒柔，信步平江街路游。
舟楫且停上下客，桥边小憩选茶楼。
青砖灰瓦缓时漏，评弹汤包味道稠。
改造旧城功力到，还民如故少愧羞。

七律　喀纳斯

北疆万里画廊清，才穿魔城高牧迎。
自在马羊寻嫩草，欢欣男女拍真情。
冰川世外难忘却，瑶池天堂最上倾。
登顶坐看湖怪迹，霍思护国脊梁卿。

七律　三峡大坝

西陵峡窄卧龙横，水力之冠指点明。
蓄水抗洪南北利，节能发电东西荣。
平湖高峡喜神女，西行宏舟游客盈。
大坝安危关社稷，那时争论为苍生。

七律　港珠澳大桥

港珠澳近大湾融，玉带横波冠陆东。
车行天桥忽入海，苍龙见首尾浪中。
不劳百里海舟渡，最忆千秋南巡翁。
改革开放新出发，神州又建盛世功。

七律　下龙湾

镇南出境越南游，古港下龙湾千秋。
浪拍笋峰多叠石，云浮洞穴海鸥稠。
涌涛壁间环龙尾，海上桂林仙迹留。
心若虹霞成色甲，海鲜情洒异乡舟。

七律　婺源

山清水秀雾云遮，仙境游人共大夸。
春约梯田油菜华，晒秋篁岭丰收瓜。
民居尚白多徽派，山中泉流入小家。
文旅正当天令许，依依不舍婺源霞。

七绝　浮梁旧县衙

残败楼台樟木荫，碣碑记载宋时章。

无声惊木清廉起，千载流官衙作堂。

七律　穿岩十九峰

奇峰镜岭十九形，林岫含烟茶叶青。
花径萦纡玻栈道，鸟声飞窍碧玉屏。
山溪涧绿清砂底，岩树雄姿风物宁。
借取新昌祥云朵，穿岩遥闻富强经。

七律　天童观野

天童野外观真容，面岘庄严太白峰。
寺殿老黄呈妙相，碑廊千古春秋浓。
学问实践先求是，信仰坚持更待恭。
莫道忧天骚客语，须敲名刹一声钟。

七律　前童古镇

如诗如画洗双眸，水绕山环风水求。
卵径流清家户过，石镜精舍艺文修。
雕花梁粗连砖壁，骑马墙高汉瓦沟。
明代大儒曾说教，梁黄山上开篇游。

五律　观壶口瀑布

中华壶口敫，声震两省号。
玉蛟腾空起，黄鳌烟作绸。
雄师东渡艄，河长起惊涛。
奋斗凌云志，山西多英豪。

满江红　河西走廊

走廊河西，关山远，东西喉脖。过眼纷，金戈铁马，戈壁关月。酒洒甘泉西域定，踏马王庭祁连雪。好山河，玉门度春风，屯田歇。

丝路行，驼马协。强还富，成心结。痛经书浩劫，窟洞残缺。西路红军曾喋血，马家骑匪时狂裂。看今朝，改革始开放，从头越。

七律　山门免票有感

一树菩提梅雪花，山门无票仅咱家。
敦情心解崇高事，经取当裁祖庭裟。
隋塔入禅开慧眼，天台羽化说中华。
有云成寺国清日，读懂春秋用意嘉。

七律　拜谒中山陵

紫金南麓伟人眠，翠柏苍松也伴仙。
帝制推翻开共和，民权维护志弥坚。
三民主义昭天地，天下为公寰宇宣。
建国方略曾擘画，复兴伟业慰梦圆。

七绝　过苗寨

吊脚楼立中间场，篝火妆成夜未央。
银饰靓姑端米酒，一场婚礼不知装。

七绝　游九寨沟

旖旎风光名气大，画布重染恰逢秋。
五彩之眼珍珠瀑，天上人间童话沟。

七律　避暑

有缘伏日向南行，云贵高原天地清。
化外黔滇正扼险，夜郎土司早屯兵。
念叨镇堡南明事，敬仰修路抗战情。
人道西南山水好，避暑胜地数几城。

五律　月牙泉

驼铃瀚海声，威武似长征。
古道沙丘断，阴阳弧线生。
驿站坡上看，纱露一眉清。
遥思楼兰女，干竭王国倾。

七律　游龙门石窟

一随伊水入西山，整顿凝望洛阳间。
佛窟似呈唐武相，浮屠尚见北魏颜。
刀兵伊阙犹难觅，阶舍龙门却易攀。
造像最丰多石窟，眼前恍若洞天禅。

七律　碑林

碑林国宝屡惊心，名士风流当代吟。
骚客春秋彰胜迹，帝王文脉印红钦。
勒碑刻石辉星月，逸经奇文赛玉金。
汉赋唐诗中华志，翰林宣拓一尊沉。

七律　长城怀古

河山万里北苍茫，逶迤神龙挺脊梁。
古垒西边连鼓角，城墙东望举刀枪。
抚琴自语始皇政，把酒且尊戚继光。
叠嶂峰峦秋灿烂，雄关漫道照残阳。

望海潮　井冈山

吉安南赣，罗霄山脉，层峦叠彩烟霞。深涧瀑轻，风松嫩笋，又开满杜鹃花。梯上冒茶芽。绿樟黄花艳，金瑞长嘉。如画风光，引来英杰竞芳华。

遥思起义生涯，有朱毛统帅，镰斧参加。政治建军，思想建党，保全妇叟童娃。旗赤映丹霞。星火燎原处，苏府称佳。战略转移遵义，主席始当家。

江城子　参观卢沟桥

冲锋号角贯长空。护沟虹。石碑重。桥上雄狮，岂让鬼倭通。七七事变齐抗日，钢刀斩，怒涛洪。

中华大地战旗红。守还攻。扫苍穹。抗战敌后，崩坏敌交通。万众一心为祖国，抛热血，盖世功。

水调歌头　长城

凭土垒砖砌，雄踞数千年。仰头东啸，尾扫戈壁几雄关。烽火金戈铁马，道隘关堞横锁，历史直狼烟。多少中华郎，拼命卫元元。

五星出，东方利，易坤乾。龙飞凤舞，春驻大地喜人间。关口珍为文物，城长申遗第一，世界称奇观。祈国泰民富，千载赤县天。

七律　拜谒黄帝陵

金字玉碑高矗立，百多古柏已千秋。
帝黄眠卧桥山下，华夏延生河长悠。
始祖轩辕肝胆铸，后孙汉武激情牛。
两党祭拜扪心问，敌忾同仇做到否。

七律　登峨眉山

普贤道场峨眉颠，几路神仙川上缘。
云雾蔼蔼随意走，山花艳艳应时妍。
清溪石道猴占道，古木参天鸟听禅。
有道虚无金顶处，飞云白象佛光虔。

七律　观贺兰山

屏障中原西北望，石崖有画太阳神。
飞禽走兽牧游记，犬马辛劳情似屯。
云横山缺寒气盛，风声谷道鼓声频。
贺兰南北无踪影，观此犹能豪气申。

五律　西安游记

西市花千树，长安夜未央。
城南灯火璨，场北喷泉扬。
弘佛玄奘始，尊道东主场。
融和多种族，大眼柳眉香。

贵妃憾

美人如玉雕琢，出水芙蓉盛唐。红妆素裹威风，凝脂如意把玩。

手如玉笋尖尖，袖似暖阁沉香。秋波常带妩媚，睫毛上翘清靓。

俏脸冰清玉洁，瑶鼻圆融芬芳。丰腴因风旋转，桃腮荔枝欣赏。

玉颈嵌宝有主，朱唇一点谁尝。恃宠生骄招妒，创新戏曲疗伤。

温泉母仪洗籽，岂知安史馋乱。日月同辉一时，马嵬坡隔阴阳。

七律　拜左公

天崩地裂大疆图，一柱擎天塞防呼。
抬棺赴戎军令状，自筹万贯靠胡夫。
玉诚赤胆在冰壶，漫卷风沙为中驱。
浴马伊犁清史纪，新疆光复功勋殊。

七律　嘉峪关怀古

雉堞依稀狼烟望，钥陲链锁恰登临。
城墙土垒春秋色，关横长廊西域禁。
铁马冰霜边塞静，史书墨迹战云沉。
雄关第一怅寥廓，几得英雄班师钦。

蝶恋花　南海观音

海角天涯皆可赋。静对南山，南海观音处。欲进法门请福主。南洋海韵几多屿。

人道涨海礁石巨。千里长沙，万里石塘住。避浪潟湖寻活路。悠悠千载中华土。

沁园春　伟人故居

龙脉绵延，风水王气，湘潭韶山。看纵横三水，武陵源远。文明昌盛，岳麓书院。虞舜传音，湘妃翠竹，滴水洞前望祖殿。祥云集，恰人间仙境，梦中桃源。

正当变局狼烟。幸耕读，真理济世艰。办湘江评论，迷津指点。秋收起义，星火燎原。武略文韬，长征指引，万水千山只等闲。故居行，风景依旧谙，换了人间。

七律　咏昆仑山脉

雄冠群山茫世界，横居华夏东方龙。
巍巍顶戴冰川秀，玉骨铮铮素魄容。
悬石补天正四维，云低绝顶数神峰。
威仪天地中华美，日月同辉赤县恭。

七律　游瘦西湖

护城沟系运河衢，荷浦熏风如画图。
几圃花妍朝露润，拂堤柳媚晚风敷。
廿四桥畔人声沓，画舫湖中客影娱。
莲花桥横白塔立，保障湖瘦相思孤。

七律　访大明寺

千年古寺绕天音，唐代高僧鉴真吟。
白首更坚传佛志，瞽眸不灭渡东心。
南山律宗开山祖，天平之盟医药寻。
历尽劫波多敬拜，座堂松竹那时金。

七律　漓江行舟

翡翠南方漓水船，从容行在笋峰边。
那丛竹气迷鸥鹭，这岸溶洞奏管弦。
黄布倒影成铸币，画山九马法天然。
人生美景看不尽，且选优佳在眼前。

五律　布达拉宫感怀

莲花雪域生，佛庭喇嘛名。
金刹映经传，丹墙照月明。
袈裟珠珀艳，锡杖梵音鸣。
藏传真经在，纠缠教化情。

水调歌头　扬州游

人道烟花美，三月最扬州。一桥南北，水天一色晚风悠。慕道琼枝瑞彩，迎面樱花灿烂，清雅洗双眸。休道西湖瘦，厚重纪春秋。

隋炀忆，造胜地，访风流。古贤太守，名仕豪放传千秋。观石桥明月夜，听玉女吹箫舫，无处不清幽。若得广陵散，从此再无忧。

满庭芳　千岛湖游记

雨霁湖蓝，画舟雅聚，悄然千岛湖塘。映山红遍，风松惹思量。最是渔工撒网，叩醒了、锦鲤踪藏。凭栏看，全域图显，山水钓斜阳。

难忘游相伴，瑶池玉貌，倩影仙光。思湖底城楼，可寄衷肠。转眼碑残梦断，唯有舍、成就电强。沉浮事，恍如世道，得失塞翁腔。

喝火令　拜孔庙

孔子千秋敬，盘龙大柱殊。周游推荐杏坛孤。培育几千难数，教化相扶疏。论语开天眼，年轮纪国符。历朝封赐有鸿儒。奈何南迁，奈何弹丸居。奈何小兵如火，孔庙数荣枯。

五律　进藏

西藏天路吟，江源藏羚骎。
皑白雪峰峻，氧稀忐忑心。
青稞能酿酒，活佛苦硎金。
纯洁纳木错，天堂这里寻。

鹧鸪天　游林芝感怀

坡谷桃花洗目新。雪山天路走流云。沙丘一线抛南岸，五彩经幡嵯峨巡。

云峰绕，石嶙峋。急流深涧峡江奔。藏南那片山河旧，驱逐阿三华夏欣。

七绝　小蛮腰

江为砚兮展云笺，一个蛮腰立水滨。
借问玉人曾磨墨，待吾题句挂南天。

七律　张家界游记

武陵源上喜难禁，久梦仙台今再寻。
欣阅奇峰呈妙态，凝眸溪鲵抚瑶琴。
画廊十里唱诗境，电影几景悬石林。
栈道且为修禅客，天门三进洗尘心。

七律　游天目湖

湖光山色取框忙，天目名声笋干长。
鸟向岛林深处隐，人登山脊温泉藏。
竹高叠翠青春韵，茗品丛茶老壶香。
秋水伊人真应景，鱼头天目煮仙汤。

七律　游拙政园

园林古典姑苏名，拙政园精恰可行。
古木假山春色照，亭台曲径紫云萦。
竹松逸韵心神定，鱼鳖机灵意乃盈。
阅尽沧桑家里亲，乾坤咫尺不了情。

七律　台北故宫感怀

黄墙绿瓦故宫微，中华奇珍藏入闱。
重器迁移倭寇避，国珍颠沛稍安祈。
毛公鼎煮东坡肉，宋汝盆盛白菜稀。
王字颜书寒食帖，富春山居盼回归。

五律　过小石城

清风扑面凉，桥架染霞黄。
注目图书馆，闻名中学堂。
隔离曾记忆，融合渐生长。
借得少年九，州城入锦章。

七绝　苏渊雷先生荷图

墨香入木几分侵，风骨轩然清澈心。
更著莲花呈宝座，一如自在观世音。

七绝　观胡先生《壑舟的漂流》展

丹青还喜浙东丘，烟雨江南玉羽流。
画者且伸如意手，何来月下走壑舟。

五绝　天马

嘶吼风云起，扬蹄欲立腾。
若来如意士，不计系缰绳。

五律　暮春

春行芳菲暗，修竹弄清音。
抚笛声波远，鸥鸣求偶寻。
玉枝仙果小，草坝长塘深。
轻牵白头柳，宛如初见心。

七律　谷雨

暮春摇醉树花辞，河岸时常白鹭姿。
听雨打窗携格调，观茶律动韵如吹。
梧桐两列贤人念，古曲几弦唱晚随。
且把伞来丽娃行，清香暗染衣衫知。

七律　秋怀

翰林秋色费调猜，此景当时久徘徊。
那池残荷随风乱，这片银杏为君裁。
入眸芦苇颜正好，手上红枫曾亲栽。
莫道叶问伤别意，春来生机自然来。

五律　晚秋

秋深杉木丹，霜打荷塘残。
湖柳摇云岫，天台舞青鸾。
坐观丽娃静，风起樱桃澜。
策马两河域，鸥鹭自相欢。

七绝　柿香

经霜柿子裹纯银，中国正红真动人。
良人掰开知味赞，流露欢喜柿香珍。

七律　菊展

天高气爽丽人姿，叶落枫红自有诗。
菊展满园千万朵，秋色平分正当时。
黄肥影动勾魂卷，绿瘦光寒伸紫枝。
力压春来群芳景，夕阳无限最神奇。

七律　重阳节

重阳节里始怡然，梳理吟句提笔悬。
学府翰林才隐退，阳光儒雅又新篇。
喜欢诗与远方景，禅悟道和自在仙。
岁月如歌潇洒度，未来珍惜白金年。

七绝　秋景

秋高气爽菊盘香，鸥鸟回旋桂落黄。
抬首观天云胜马，江湾诗画韵悠长。

七绝　中秋

一波香桂引人闻，赏客搜句吟宋文。
今夜可和天籁曲，交由玉兔判殷勤。

五绝　秋菊

凝丝织秋宫，嫩菊暗香融。
篱后影枝动，且迎不老翁。

七律　竹

虽埋地下节暗生，雨后冲高倚天情。
雪白顶戴身段逸，雨打婆娑色愈清。
虚心曲直堪实用，铁骨青黄见峥嵘。
墨客文人喜竹韵，身居心赏最盛声。

七绝　链章

千句万语琢链章，眼洗无尘洞照堂。
入禅寄情阴阳篆，大师劳动乞三方。

五绝　探源

石洞清泉流，研磨成怪臼。

穿越一线天，天体立上头。

七绝　题索兄赠治章

一

天工国粹索某人，印社开张技日新。
才俊浙东书画展，诗情边款上碧旻。

二

知君绝艺冠吾庠，印社西泠德相当。
今日赐予双治印，摩挲端起夜且藏。

七律 小聚

玉盘总有满和残，慢品凡尘暖与寒。
树下友人能尽谊，阳光同事可言欢。
百年未遇何足惧，一屏轩窗也静安。
衣锦曾梦归桑梓，不如行远阅惊澜。

七律　寻句

疏柳堤烟云潇雨，隘径石滑草木新。
梧桐闲幽虫鸣寂，丽娃傍晚静荷芳。
砖墙色暗窗拭月，兰宇阁清客茗香。
一千诗函寻歌简，无限悟语韵苍阑。

七律　读书

秀色可餐水一壶，画眉深浅似新图。
身随韵律舞斗室，书读骚篇醉心湖。
对月人怀千古事，向阳心情满春湖。
天假机缘勤补拙，春风化雨乐须臾。

七律　抗疫

病魔猖獗已千天，三个化身复制迁。
欲为生民除疫事，肯将静默过寒年。
群团免疫应天意，年老防护治在前。
明媚看将双春好，黑兔奔喜两河边。

五律　秋收

丹点秋枫艳，金描野菊黄。
云逐白鸽翔，花馨蜜蜂欢。
拥玉轻手盘，喜红欲满仓。
风动图书香，三尺天地宽。

七律　庆

弹指如风数十年，龙飞凤舞啸九天。
改革步伐惊寰宇，与时赋得锦华篇。
金水桥头大阅兵，五星旗下向天安。
日月和谐开国日，须寻美酒解婵娟。

五律　春游

春行自在姿，红添绿涨时。
景深山不远，风暖人归迟。
舟上品红柿，门头挂彩帜。
一闻风笛后，能作七步诗。

七律　咏梅

一枝梅香伴君开，幽幽几缕费情猜。
清容华贵试新妆，玉洁冰清映粉腮。
天姿横呈脂满墙，丹青漫洒载天籁。
回眸醉赏移香近，神会仙娇咏九台。

七绝　柿香

泛舟野渡竹林间，坐爱闲亭住欲还。
最喜枝头红火柿，闻香如意清凉山。

浪淘沙令　送君离开

画舫雨潺潺。春意阑珊。鼓钟声漏又栖寒。日暮河中如意客，把酒言欢。

送远且凭阑。峦叠重山。还韶华念旧还难。愁思寄向谁去也，红尘舟船。

水调歌头　贺新年

金凤休闲去，玉犬履岗宣。贺年符焰灯舞，临五福门联。喜看江南州婺，玉宇千祥锦集，虞禹上山卷。治道食为本，工艺小康前。

自开放，一统梦，富强拼。四千难忘，争抢朝夕著鸿篇。潮起花园村立，又筑长塘新景，倒挂市乡鲜。但愿开明久，共富浙江先。

满江红　待明日

奥密克戎，无症状，优生吃瘪。中枢令，东西列阵，网格何切。共克时艰同意志，压茬测试寻阳接。学府静，防治两端抓，吟快诀。

红徽闪，征衣结。寻灵药，清城碟。大白志愿队，逆行如铁。淞浦岂容冠孽闹，魔都结界天人决。待明日，谈笑凯歌还，乾坤洁。

满江红　名星

蓬莱乾坤，孕育了、倾城一绝。凝脂软，嫩如藕项，情歌难歇。趵突响泉迎旭日，劈浪花海浮明月。演人生，片片岁屏情，流霞烨。

薰风荡，人心悦。高樯矗，生机勃。有南天甘露，江源风物。人物百花东方丽，海鸥盘旋情真切。豪迈步，赢妃子村姑，国际列。

沁园春　春

空气微寒，绿染河岸，芽镶柳边。喜千姿百鸟，争奇斗艳，天使尘步，惹箭牵缘。万象清新，凭栏远眺，花放云低清水间。心潮涌，念高山流水，心境如仙。

曾经过往成烟。重头越轻装快马鞭。似水穷霾阻，守正创新。峰崎路险，视作等闲。夕日朝阳，人生历景，海棠梨花白石贤。天地阔，但山水前行，诗画无限。

七律　立夏

闷雷有声春逸曲，乍清还热炙凡人。
不忧夏雨洗残红，但喜丽娃着绿新。
南庭草坪青一色，北塘嫩荷碧无垠。
烂漫季节今才始，笑目梨涡早几轮。

七律　小满

两河荟萃草木丰，济世悬壶辅佐中。
耕读世家轻实利，忠孝文化善良功。
复兴事业同窗乐，家国情怀志趣同。
却道人生称小满，微声清誉也为雄。

七律　人间四月天

河风暖吹日分明，轻薄新妆百媚生。
青绿柳枝堤上划，玲珑松鼠树间行。
玉人弄笛声回壁，君子吟诗韵绕梁。
四月美丽藏不住，乍晴又雨总关情。

望海潮　金秋

阳光明媚，飘香金桂，风和日丽天高。望海赋诗，江波绿染，玉山葱笋云韶。十月信心骄。雁鸿奔赴远，情意难消。数指回眸，秋来只为日星朝。

瞬间又望钱潮。翰墨吟颂笃，不吝宣毫。繁露观心，春秋振礼，忘乎老子驴教。不必太辛劳。再看天下事，历史重抄。争霸红尘分合，且作酒醺聊。

五律　湿地公园

漫游湖畔津，光景正招人。
花放蝶纷舞，风和柳似茵。
载人草甸渡，植物水生珍。
湿地芦花白，迎来鸥鹭频。

七律　夏雨听荷

珍珠打荷跳不开，闻道心香缭绕来。
夏雨且听诗未尽，金蝉还传韵旋回。
一丝心静无能散，三瓣花舟老子陪。
仙境丽娃今自在，欲呈智慧上莲台。

五律　思维

仙人有遗篇，允许即方便。
西约隔风雨，和平仍一弦。
无常恒化俗，上善乃随缘。
道法天然事，心安洞照玄。

七律　感怀

石狮梦觉呐喊声，事变难忘国将倾。
拼搏曾经为崛起，收官碰巧强盛明。
笑谈书影入千树，愁思寰球写史清。
花甲星移悠长事，且看老子处不惊。

七律　探亲

上苍流火惹天灾，挂碍且抛探亲来。
头顶乾坤呈万象，眼前荷伞满塘开。
蝉鸣高树藏天籁，胸纳闲云入酒杯。
模仿追凉溪水畔，集风小巷坐悠哉。

七律　夏雨有记

忽然头伏出梅天，炙热骄阳河冒烟。
碧盖连天藏王子，荷花池满观自莲。
行闻夏雨蝉鸣远，暑见梧桐游学绵。
欣得东风如意雨，祈来凉爽健康牵。

七律　台风窝

蓬莱诗度浪拍堤，手上油盐茶米提。
风滚红尘趋势行，自然禅想止善齐。
刀郎曲弹云颠倒，妈祖坛香有道栖。
一念之间须谨慎，且翻鉴训看虹霓。

七律　火烧云

台风前奏卷舒徘，提示温馨凭渡台。
几阵蝉声林中起，一舟游客逆流来。
惊了夜鹭河间舞，扯动天边紫幕开。
老道火烧丹药梦，纳收笺中少年腮。

五律　感恩有怀

心感诸般赐，恩承岁月迢。
许身迎风雨，慨意对荒礁。
磨砺丰肌骨，平台起凤韶。
生灵皆可敬，脉动韵难消。

五绝　荷霜

华盖已染霜，枝瘦立长塘。
面上虽掉色，泥中脂玉藏。

七绝　晨菊

才披薄雾御龙菩，更胜群芳宠爱孤。
想那陶令篱畔悟，恰滴清露看时酥。

七律　丽娃秋色

冬日暖阳寒气溜，校河左岸正惊秋。
梧桐吊影空交耳，枫叶映身频举头。
天上人间调色板，岁终期末放松游。
丽娃可是知吾意，托住红凡竟不流。

七律　癸卯端午

荫浓夏至日新长，一曲离骚接端阳。
酱酒那知千户饮，艾条悬满万家香。
辟邪有道尊书训，驱疫先祈不二阳。
摇桨整齐冲向线，同舟共济慨而慷。

五律　立秋

人还伏中忧，旧历已新秋。
啤洗火冰间，身藏深浅幽。
时光遭薄俗，幕府愧扶佑。
筹划周游去，重拾兴趣由。

七绝　中秋

一波香桂引人闻，赏客搜句吟宋文。
今夜可和天籁曲，交由玉兔判殷勤。

五律　壬寅立秋

曾翻老历篇，赤日欲穷年。
冰雹扔兰月，金蝉自管弦。
旧风遭阻隔，新雨缺机缘。
玉宇争方热，人间盼景迁。

七绝　处暑感怀

百年未遇劫三轮，龟裂天炎疫有薪。
长江黄河怎倒流，旨远言近南巡人。

七绝　中秋教师节

皓月一轮灯火浅，合并双节倍思真。
算来世纪仅三和，世代教书红烛亲。

五绝　渡劫

弄影红墙上，闻香小院中。
渡劫寒彻骨，禅念健康风。

七律　入驻仪式

临港璀璨展宏猷，光启未来耀五洲。
滴水向海掀浩浪，革新开路解烦忧。
科教人才融合聚，学术前沿创意稠。
产业一线学院立，培育贤俊写春秋。

五绝　盼春

暖风欲退寒，细雨红梅观。
最是校河柳，青丝撩君弹。

七绝　惊蛰

暖风挥墨画春符，脂粉轻微有若无。
鸟啭几声穿柳舞，老新校景一河图。

七绝　春和景明

夹岸繁花如粉画，恰逢佳节倍生情。
恋枝师长应心触，拾级观樱最分明。

五律　咏竹

天择生南国，新篁满目清。
出身先有节，傲骨自然成。
根咬不停歇，凌云却颔倾。
文人尊竹品，引为伴居卿。

七律　基辛格去世

现实老翁真传奇，秘来常往友朋声。
雄才大略阴阳计，战争和平舞袖缨。
人誉人讥皆仰止，云舒云卷预阴晴。
外交本领多修炼，处变不惊大器成。

七律　缅怀

惊闻噩耗失吾强，考察劳累心受伤。
翠柏苍松人间景，菊花泪目遍降霜。
一心为民善如水，两袖清风开放长。
题笔人才无限意，总理慢走国之殇。

七律　画菊

拉丝泼墨莫轻狂，大小比画细考量。
翘尾玉姿天性卷，着妆皇色傲重霜。
衔时黄花随风瘦，寻季金蝉无闻香。
似是陶公篱圃趣，柔和光影乘斜阳。

五律　梧桐叶

谁立枝头舞，金风不肯闲。
校园莫奈画，斗彩学生间。
恨别梧桐难，更伤铁锯蛮。
自由全面长，总是被修删。

七律　登高

日月同辉光影秀，金风玉露靓清秋。
东篱花黄陶公赋，坡上枫红杜牧游。
遍插茱萸民俗旧，视频微信解新愁。
登高俯瞰屋如笋，再有天伦绕膝鸥。

七律　琥珀

树脂蛰伏历沧桑，琥珀天然淡淡香。
吸蓄万年地藏量，摄存千载吉祥光。
曾经封印蚊虫永，更被开光称帝黄。
挂坠手持长相伴，红尘有禅谱诗章。

七律　拜谒觉醒方丈

寺门一入不思禁，玉佛静观梵语吟。
方丈袈裟无法旧，觉醒珠串尽量侵。
诗情仲月总无老，禅意菩提奏乐琴。
莫道秋来颜色少，后堂自有叶如金。

七律　太极图

华夏文明真理闪，太极八卦亚洲行。
行云来去星牵月，流水西东阴润阳。
洗净心尘形羽逸，纠缠量子势双方。
道儒释共生灵境，和合旋盘天地长。

水调歌头　枫霜

夕照红枫灿，丽苑可鋆看。递传萧瑟，仅余秋柬树头观。台阁拾阶轻下，竟是情深意绻，短暂红颜叹。任庭枫梧月，如纸剪那般。

停歇处，通衢道，独凭栏。手机雅奏，欲舒却卷副歌旋。些念有虚有实，多少光阴释放，回首恰莞然。梵音晚风传，万籁渐和安。

念奴娇　二月二

登高眺远，见九州万里，人间奇迹。北国壁画明亮处，复兴掐金新碧。踏兴游春，鹭鸥来去，人在鼋头立。江山如画，大河南北亲历。

民俗理发抬头，成双日月，蛟龙成看客。神马翼飞逛景下，氢水雄英无极。吾欲乘风，幡然归去，何处神明籍。水晶宫里，一声吹爆横笛。

七律　观选战

共工祝融起衅讧，红蓝那陆斗雌雄。
浪掀涛涌惊玄女，星换斗移扰退翁。
治国当怀天下志，安邦应秉善和风。
霸权孤立终倾堕，莫负苍生瞩目中。

七律　春讯

春音朝奏九重天，露洒神州绿万千。
欲为五洲清时疫，肯将非亚种苗先。
昆仑两赠同温暖，天地三维量子仙。
资讯报来应有意，师情花语丽虹边。

七律　吴本良

笠峰北望韵悠长，淞水穿流映古乡。
宝地千年呈画卷，东门街首绽光芒。
埠溪集市人声沸，本良行商岁月彰。
庭作医馆存逸事，学堂曾寄赊来香。

幻影赋

玉屏溪幽，野花吐絮，梅兰增逸兴，松竹溢清香。时值季春，襁褓一啼，惊动襄王，落凡天狗，水煞劫注，仙吟尘世，聪明天赋，面相富贵，春风玉容。上苍雕琢，浑然天成，洁若大溪地之珍珠，灿如南沙礁之砗磲。

观夫含苞玫瑰，出水芙蓉，眸集日月，眉若乌蚕，樱桃藏皓齿，粉面映霞红，青丝绕过小蛮腰，春风恰来树柳葱。情窦初开，一意表兄，袅袅女声，习习暖风，鸣兹玉树，涣此幽鸿。碧荷洗后翠欲滴，菡萏微开香露浓。

岂知蓬岛少女，一夕开窍，拜师读书，学思有年，技艺恒通。学富车载，欣悦桃李，惭非男儿，也争雌雄。清如溪涧浣纱女，秀似月下小貂娥，偶经银河洗元神，伴作红尘寄幻容。一辫成像，青春无敌，南湖雨晴，栀子花开，蝶心有融。花飞雪舞，魂牵梦意，情定红镯，苹果灵犀，金锁玉处，色戒不破，百花失色，唯其独荣。

至其罗帏自举，玉枕背被，灵舌融通，菊傲冠红，月下合指拜天娥，庭前焚香尽绸缪。顺流江湖，笑骂周旋，艺揽元阳，计定西东。天造地设，素颜洁冰，上甜下合，事业长虹。回眸一笑，人面桃花，绿洲耕耘，驼山仙踪，日映桃花生红晕，霞升祥景耀天庭。吹箫有技，拨琴闻声，雪白粉红，凹凸天呈，繁弦轻拨相思语，啼莺解语眉头舞，酱酒品后有回甘。

噫嘻，大地飞歌，千祥云集，两栖来去，霓裳情赎。潮起江海，天门洞开，亲善大使，梵音竞渡。打拼离岛，情牵漂地，梦醉玉穹，凤仪天下，举伞凌波仙子步，含羞泉浴香妃姿，几处靓影飘海滩，万般柔媚满银框。宋玉悬笔，难以言状，不可胜赞，极服妙采照万方。曹植停步，近之即艳，远之则望，华容玉颜眸流光。

可叹红尘颠簸，规矩忘胸，茶招荒唐客，壶煮龙泉东，看清纯消融于世浊，任时光慰藉于娱城。孤月独坐，泪洒纱绒，斋窗透春，思染霞红，三心一意，桃源避世，天伦寻极乐，家园秀温馨。玉璧何妨遗民间，初心从此失珍重。

呜呼哀哉！浮躁社会不容错，戾气网络无情衷。红颜多舛，祸福无踪，昙花一现，色即是空。春去骊歌愁入酒，栏凭空谷柳含烟，粉丝新赋，祈祷苍穹。

浪淘沙令　送君离开

画舫雨潺潺，春意阑珊。双栖滴答更敲寒。日暮河中如意客，把酒言欢。

送远且凭阑，峦叠重山。还韶华依旧为难。寄与浮生谁相遇，津口客船。

念奴娇　夏梦

新杉葱郁，满目成浓绿，夏花熏重。远望双峰云里没，时现时无仙踪。静享甜泉，深闻野味，装备探仙洞。江山如画，任心潮伴歌涌。

遥想去岁痴狂，欲屯兵守，长旗摇枪耸。深涧神龟爬过处，神秘涌泉飞冲。云雨巫山，岩前长守，立化痴情种。默然抬首，彩云追月天穹。

少年游　双燕

停过千楫旧时枝。双燕欲归飞。长江风软，江南春暖，新曲动帘帷。

不眠誓言中消瘦。梨白衬红梅。无限风光，辈差装束，如有宋明时。

相见欢　静夜思

幻听对面呈琴，和蝉音。书影随风翻动、玉儿临。

夜思静，庭中径，露真心。思绪不曾稍断、短诗吟。

行香子　祈

傲骨冰容，颜素端妆。数清秀，鹤立群芳。见如初相，谈笑探望。显玉之润、人之慧、情之商。

盈盈纤手，葱葱尖指。喜秋来、醉了枫香。婷婷汉柳，楚楚文章。愿身康健、心向善、福更长。

蝶恋花　迎新

吹气如兰花蕊吐，回合不数，渡身云天去。眼力描摹相思树，高山流水人飞羽。

亲唤声声心付汝，语语依依，欢喜终成赋。毛线绕成圣诞句，兰亭日暖运河府。

水调歌头　新春

旭日依树映，清气动魔城。舒展冰魄，神韵吹箫亦和声。摇醒东风霓赏，挑逗梅痕似洗，玉影唤春晴。乳燕鸣新柳，帘动迎归请。

满佳景，逢盛世，赋风情。展眉见喜，春色满目物华明。读尽红尘冷暖，饱阅世间喜痛，犹忆岁峥嵘。降瑞龙抬首，长征再登程。

满庭芳　祈祷

玉树繁春，竹林莺啭，柳轻飞絮如烟。芳菲无际，著气象万千。城外杜鹃乍染，春风抚、神女嫣然。山门立，清波潋滟，香绕水云间。

念思佳人远，柔肠百转，情意绵绵。对佛影巍峨，一跪魂牵。翠色山光无赏，未来事、默念黄笺。花蝶恋，心心相许，祈吉意康安。

临江仙　初为母

观夏荷万般好，谁家闺女羞同。芙蓉姿态竞花彤。孕装摇曳曳，圆圆透玲珑。

缕缕青丝样色，新母初乳玉童。抚盘颔首醉馨容。悠然眸线长，缓缓释怀中。

满江红　陌野

陌野芳华，柳袅袅，那时颜帅。樱河畔，波痕清浅，金蝉云笛。花语后边芳菲近，前头夏日雷声急。豁然意，泥燕急寻巢，天人一。

当归去，清霄寂。人不寐，鞶川激。忆滋味，几度相思如意。春秋梦回情绪满，时光应记曾怀璧。对西窗，月缺应会圆，谁珍惜。

蝶恋花　心语

澹澹江波映碧树，向晚高歌，携得云霞去。寂寞始从蜂采处，多愁恰似那时雨。

独步黄昏归鸟妒，情愫多了，天地凭分付。无限风光横笛处，画眉卧听为心语。

石头记

女娲遗石，幻形为珍。携入红尘，偶遇识真。

天地精粹，雨露滋润。西子浣纱，脂粉留痕。

玉容初现，灵石传声。话语投缘，宝贝予赠。

麒麟戏波，扇情温醇。日暖星辉，情动戴胜。

玉指传意，书信至诚。机缘巧合，洞照探深。

盘养有度，虚实无痕。指间流韵，月下销魂。

拾云驾雾，千与千寻。

念奴娇　斩首劫

点香桃源，汇兄弟，情义英雄知返。宝剑酒囊，阑珊处，还献貂蝉帐前。赤兔长刀，风光赶顶，小惠还牵绊。朋如曹汉，不知何计蛮断。

遥想三英战酣，武生真考季，风头无限。一撸长须，斩六将，过五关山河远。蜀国关键，荆州把住后，简单推算。头不生长，此情且待调侃。

高山流水记

轻盈似禅机，青春隐神秘。人间燃炽情，光影若云集。
好逑窈窕女，心迹展端倪。往事越千载，丽影细编辑。
惊心动魄处，曲折尤诡奇。花蕾盈满枝，成熟蕴秘笈。
天镜破鸿蒙，山水漫无涯。云雾茫如海，诗舞绸如霓。
迷恋之眼神，月光若献祭。娇羞低首际，和音箫技奇。
宗教与科学，奥妙难提及。春暖花绽时，金秋丰饶期。
暗香漫四溢，柔情甚安怡。禅念本无常，欲望浩无际。
浮游之思绪，倏然忽掠及。千山连万水，潮来又汐急。
温暖且柔婉，容颜幻如绮。圆月空垂悬，元阳待升跻。

真善勤求索，调和成融匝。柔情淡如水，憧憬邈然祈。
本能追所求，濯濯光闪疾。天堂遥难及，人间有芳姬。
寂寞常呵护，行走分两地。激情品华彩，瞬逝如星驰。
纯洁之眼眸，阑珊灯火寂。阳光伴雨露，风云汇之际。
穿透那绿色，凝固芳踪迹。蕾丝藏迷底，温馨漫气息。
原始舞蹁跹，探究心所悸。运河水潺潺，缠绵情悱恻。
青阳初发动，根展舒旺季。滋润促破土，前后皆无极。
那时倾耳听，喘声无顾忌。燃烧之岁月，乃成规与纪。
幸福破时空，终成胎之记。时空无间隔，轻盈挥彩笔。
遗情于此间，惟春祝祯祺。精彩瞬时刻，回首重题记。

鹊桥仙　静夜思

哼歌一曲，残词半阕，嗟叹良宵虚度。一樽玉液几年赏，竟难解、寂孤情愫。

衷心已表，诗情未了，遥寄相思何处？夜阑梦回从头看，却望断、巫山归路。

满庭芳　春思

花绽那坯，晕匀浓淡，犹如伊正初妆。一丝香绕，心事透晶窗。手滑键盘忽落，嫣然笑、竟思鸳鸯？腮飞晕，何堪追问，玉指脸盘量。

无时观宙宇，悠游日月，搅动波光。恋爱经，岁来也会忧伤。双犬铜门环侍，速隐去、偏要端详。三年后，神魂不散，相约美成双。

忆秦娥　相约

初约帖，朦胧月下梧桐叶。梧桐叶，沙沙相和，似要同歇。

忙忙碌碌记心诀，他时还共当时月。当时月，皎洁如雪，捧之偷吃。

沁园春　迎奥运

世纪荣光，奥运北京，彰显国威。为今朝圆梦，中华儿女，齐心协力，巢筑衔枝。灿烂文明，辉煌今日，赢得和谐好口碑。惊奇也，仅凭卅岁月，凤舞龙飞！

万民火炬迎随。热泪淌，任流心启扉。叹王朝末代，蛙居井底，共和民国，亦若乌龟。狮睡东方，病夫东亚，屈辱今朝俱已摧。畅怀道，手舞环五处，舍我其谁！

鹊桥仙　鹊桥

良辰佳约，星河乞巧，今夕双心期盼。相逢吴越凡尘间，同笑看，鹊桥飞贯。

忻欢软语，当时新月，似与双星比显。银河鹊桥且不谈，共记取，来回不晚。

卜算子　咏梅

暖阳送春归，谈吹迎春到。已是冬深百树残，犹有花枝俏。

闻也不解馋，只有戏中闹。待到阳光四射时，却说吾还要。

念奴娇　如约

东风词笔，感此般如约，清醇逃逸。却染英雄几滴血，夺取美人颜色。夸下成俘，面上君子，都变蓬莱客。花开当季，总为初暖时节。

击楫碧水无声，鱼龙罢舞，化为倾城璧。带走念思身不定，飞向崆峒云阙。独倚阑干，细斟画帧，如阅春秋册。象形文字，情缘那卦难译。

汉宫春　离殇

且纵童心，任手舞足量，色彩时光。寒窗密露心结，爱漫檐堂。无须怨恨，本来是、兄妹灯前。风不语、悠然过往，舒眉亦展心肠。

噩耗干潇洒泪，积悲伤已尽，依旧长望。伤心事今独当，何有商量。微云淡月，望星空、眼肿斑霜。缘去也、多求更苦，再寻来世兄长。

天仙子　贺三庆

如玉似花还胜雪。光彩照人梦中月。国庆秋仲贺新郎，三庆节。歌难歇。旧友新朋先后悦。

耳热吻酣情正烈。丝竹管弦三两迭。月圆花好品秋香，言恳切。从头说。双十百里欣赴寤。

鹊桥仙　滋味

岁游弹指，欢颜烙印，争着品梅赏蕊。迷眸吸取白月光，点点是、沉香情谓。

锦书屏约，往来心事，不断春江秋水。朝飞细雨晚云彤，都记作、红尘滋味。

满江红　喜庆

大庆将临，秋阳暖、依稀领旨。望吴越、大江南北，汇流东驶。门庭高歌双喜贴，新人沐浴红巾递。紫运昌、锦绣子缘被，红灯记。

花百合，宏图拟。新跨越，而今始。快马争朝夕，再读千嘴。鱼水合欢乘胜进，和谐共建留斯史。看今朝、日月创辉煌，人更美。

满江红　盼归

拍脑醒来，方知道、已然彼岸。金风舞、万红辞树，瘦枝身段。一点芳心留不住，两行清泪无人擦。纵多情、仍旧急行西，空庭院。

芳菲去，黄叶转。伤小别，阶前满。望云丝缥缈，笛闻柳乱。总是青山绕水转，几时明月随云愿。迎归来、勾兑酒如霞，添温暖。

满庭芳　梦想

恰恰娇莺，暖香红袖，腰肢杨柳玲珑。陋居幽径，花果正金风。犹记几多风雨，法自然，流水西东。一寒后，天涯憔悴，雁字与征鸿。

芳菲云梦里，落英飞絮，烟锁重重。且赢得，痴心迢递相逢。拣不尽红豆曲，黄昏醉，锦瑟弦功。诗笺在，还曾梦想，白鬓伴梧桐。

鹊桥仙　七夕

山横水静，枝头鹊在，有伴情思难了。谁争天水涨江城，接彼岸、轻歌浅表。

拈来风月，不禁往事，佳期几番误了。殷勤饰梦古如今，桥又搭、倾城一笑。

满庭芳　秋菊

晨露迟凝，光芒休早，晚蝉嘶柳千条。荷塘花落，蛙王鼓愁敲。斜棹随波远去，遗孤庭、梦断云霄。晶屏里，无心浏览，废语满眸消。

朝朝。潮汐岸，凭栏长眺，怨结川消。叹信鸿难递，江阔天遥。寻有莺啼旧处，小花绽、语软香飘。轻摇曳，吟侬野菊，祈莫负明朝。

七律　美眸

消除炎热绿荫幽，天道催吾挑美眸。
念念恰成红豆句，芳芳筝和雀燕啁。
溢情春梦花无缺，思过冬云赏梅游。
欲说竹文诚作赋，墨留千载不曾酬。

七律　玉壶

春华秋实初相见，瓜熟花谢赋作输。
几回天地今杯酒，对望痴情喜在途。
绿影红衫三步舞，高山流水入琴无。
镜前剃度君还笑，那个芳心盛玉壶。

七律　驿站

烟氲雨榭步江洲，驿站长途心思筹。
嫣语呢喃西子碎，灵舌婉转霸王悠。
羞花丝缎身随影，闭月桥横绎水流。
欣作江南春色赋，与时俱进上轻舟。

满庭芳　又一年

晚照揉情，雾晨缥缈，怎排恩爱绵绵。恰晴方好，远近自悠然。难免相逢欢喜，才乐得、意满心安。无心赏，梧桐繁叶，古杏参天园。

翩翩飞漫蝶，潺潺泉涌，洋溢其间。念玉山，红豆依旧从前。耳畔那新承诺，花解语、相证文言。今回首，凝眸岁月，一阕又经年。

沁园春　春兴

弹身飞骑，奔腾低呼，笑傲苍穹。趁机同心画，登楼造化。天清气朗，盘玉凌风。喷涌神思，君持御笔，九转淋漓气势雄。漫遥想，任隔千万里，梦与君同。

宴成席散楼空，且仰首天涯数鹄鸿。怅沧桑时事，新愁淡淡。钱塘湿地，爱妒蒙蒙。远水青山，竹林森禁，寒气几缕绕晚钟。当何日，共云雨一笠，春兴无穷。

蝶恋花　依恋

为问凡情留怎去，心瓣难为，满面愁和絮。明日就要数九度，天涯芳草无寻处。

叶自多情枝自舞，惟有春风，记取归时路。留下韶华东海驻，劝君莫作伤心句。

凤凰台上忆吹箫　祈祷

柔语轻言，且为亲诉，缠丝心路迢迢。再看千般好，洁白轻敲。还忆欢声笑语，阅谷峰，共度良宵。天怜见，峥嵘岁月，运气滔滔。

匆忙下帘闭室，不听雨风声，愁抚眉梢。自蔽圆容月，似渺还遥。空叹风云难测，总有梦，终是悠飘。谁祈祷，随迁启动，进沪明朝。

相见欢　商量

轻风细语丽阳。行无疆。云渡空悬春浅，自还凉。
途心荡。有惆怅。语垂杨。数日一周归去，且凭赏。

一剪梅　立春

拂面清风早立春。杨柳枝新，月影星沉。谷幽竹动戴山云。情系乾坤，鸟语花魂。

天地融融梅艳芬。风吻花芯，鸟隐丛林。夕阳慢慢月辉同。别后才逢，潮涌情吞。

七律　湖畔迎春

水深倒塔洗身影，妆点乾坤双喜年。
鸟送和风梅独艳，雾施润物草争鲜。
人间藏宝抽丝赏，小舍花魁品玉纯。
欲借温泉湖笔润，留听诗墨韵如篇。

踏莎行　微恙

夜色将阑，愁风意渺，微恙偶染谁知晓。星行周记总回还，春花秋月如何好。

世事如棋，前程岔道，光阴似箭时光少。今朝无力筑巢居，最为儿女情长恼。

蝶恋花　思念

事后归来心怨累，断句神伤，隐隐丽人泪。昨日重阳颜色美，今番辛苦人不寐。

云写空题婆影背，暮色苍茫，心痛金黄萎。曾伫东篱谁解味，恩情欲报藏香醉。

清平乐　桂香满

桂香日暖，美事随风远。笑看人情皆文胆，滩岸早知深浅。

气爽独步楼台，远眺风起浪白。留取秋光一片，梦中玉影徐来。

清平乐　冷风

秋意冷横，满目呜呜盛。菊瘦销魂兄何顾，河畔垂眉无醒。

何者调转箫筝，一弦相思无名。黑早宵长不寐，风声靓影摇倾。

清平乐　秋来

仁心滋意，物种来源谜。溪汇大河情相系，转眼秋来无计。

欺眉岸锁河西，花谢香果留枝。秋景心情烦处，一腔热烈谁知。

七律　宵夜

月弯忽凉厚衣裳，昼短何须愁夜长。
节气有常人顺应，时光循序巧阴阳。
秋风曼舞古枫艳，桐叶飘零野菊黄。
犬马伺旁溶洞暖，言欢把酒弟兄昂。

五律　感怀

唐诗写梵游，词句唱边侯。
环佩系公主，嫡长宫中愁。
唇吟留柿香，眸中有轻舟。
红镯成心愿，琴箫御汴州。

七律　有约

隋道运河国字路，月明双塔潮汐庐。
飞鸿意嘱添温暖，沙漏光华思念孤。
赴会自然添雅趣，流觞犹借和声酥。
绿皮走访频流露，一世情缘周末读。

南乡一剪梅　玉照

新照细端详。溢彩流芬自素妆。眼中娇颜胜阿娇，那掬秋香。最是秋香。

新影惹思量。学子同框亲最芳。一旦攀枝金屋藏，欢在厅堂。春在厅堂。

七律　无题

蹉跎岁月曾心焦，前行路上意攀高。
颜欧柳赵堪追慕，屈宋杨枚可共聊。
旧典深沉勤点校，新辞婉转赖精雕。
从心所欲悟真经，且占坤元第一爻。

七律　有感

春秋半百几成癫，言不由衷为两钱。
难得糊涂情难为，问心无愧善真缘。
闲书懒看且盘玉，酱酒三巡谈破天。
世间荒唐徒笑耳，陶公不羡自在仙。

七绝　入冬恰逢空调坏

丽河无意舞晨雪，庭上阶台铺玉屑。
温掉负零空调歇，寒中瘦骨道无诀。

七律　积石山地震

陇西震动国之殇，潜伏地魔癫又狂。
甘肃千群齐力救，兰州官兵震中行。
四邻相助减灾难，八面来援抗冷霜。
地震灾难虽舛苦，幸生华夏有保障。

七律　生活真谛

且吟生活七真经，调和阴阳自然醒。
兼备武文专就行，互容强弱度有型。
中庸之道淡名利，清静无为康又宁。
小满略亏才正好，豁然开朗满眸青。

七律　缅怀蒋院士

国之所需赤忠诚，心语笺花情愫生。
弹唱吹拉梅韵远，诗书文论作深耕。
逆行如铁责任重，守正创新破晓声。
临港重器才俊济，慧极而伤精神呈。

七绝　癸卯冬至

冰冻霞云冬至驾，只需飞削作琼花。
吟梅咏竹且为乐，浅饮几杯才奢华。

七律　冬梅

红梅吐艳耀南方，傲雪凌霜播远香。
玉骨铮铮忠勇气，冰心耿耿道义藏。
光耀华夏国花誉，宏大精神骚客章。
无意争春天独宠，花笺无愧入吾庠。

七绝　滩涂树画

钱江潮汐载天师，数九寒冬运笔犁。

大地之树滩上画，镀银鎏金亦神奇。

七律　岁末寻梅

朝迎清露晚辞霞，一树水杉衙有赊。
季节冰封心底热，黄飞簪串故情遮。
门帘风曳诗笺掩，南苑鸥歌梅爆芽。
竟日殷勤三看顾，何时芬芳报春华。

西江月　过退思园

骏马卸鞍无辔，南山草地悠游。职场奋进卌春秋，往后放松节奏。

岁月不居别挽，时间淘尽雄遒。功过恩怨莫缠头，且理小诗千首。

南乡子　雪乡

冷冻欲封楼，雾凇奇观罩营州。银饰玉妆仙世界，茫茫。流水雾腾岸树收。

兴安岭冬游，酒暖惊奇气氛稠。踏入雪窝同学乐，情留。雪屋灯红夺眼眸。

梅花引　霜冻

黄菊老。梅蕾小。古木清辉白坪草。冻兼霜。龙蛇藏。十年未遇，寒潮风暴扬。

冷热无常自然降。古今人走茶就凉。岁不留。情难留。韶华似水，子在河畔愁。

一七令　梅

梅。
冷美，颜奇。
寒还冽，飘香时。
能予欢笑，亦疼别离。
调清兰石怨，吟曲径通迷。
天下只应吾幸，红尘惟有君知。
自从踏雪寻欢句，惜到断袖不惊时。

凤凰台上忆吹箫　森林公园菊展

森林公园，菊篱时溢，人头劲踏清霜。又恰是、繁花掉落，独秀芬芳。丝蕊勾心入画，碧玉著、宝气珠光。约齐绽，争奇斗艳，争送馨香。

金色组成油画，欣赏着，仙姿袅娜霓裳。数品种、多彩绚丽，雨露均沾。不羡春花烂漫，只愿与、丹桂参详。黄金甲，遥想那巢诗狂。

七律　青蛙与菡萏

七月长塘翻华盖，坐莲自在傲乾坤。
静时馨逸青蛙歇，雨中伞擎护王尊。
摇曳菡萏娇美态，凌波王子摄灵魂。
可藏天籁情无限，三朵凝香艳有痕。

七律　杂吟

河东卅载又河西，祸福兮兮辩证题。
曾见起风鸡犬升，屡看树倒卵和泥。
雅琴亦要子期识，好马还须伯乐提。
嬗变时光多幻化，何仙迷瞪步云梯。

蝶恋花　歌舞团

谁说心情不长久，每听梵音，激动还依旧。君王一朝歌妓酒，不辞镜里朱颜瘦。

河畔松涛堤上柳，为问新愁，何事时时有。独立寒秋风吹袖，且看恒大羞舞后。

行香子　健步

健步深秋，风动添寒。惜辞枝叶自飞旋。鹭停枝座，船客偷欢。更蝉声绝，电机细，水波残。

夕阳正好，蟾晖欲泻。看苏河独自凭栏。翰林旧府，建筑花冠。想六三楼，学运硕，英才繁。

七律　迎新

轮岗玉兔喜归程，司岁金龙值日征。
今岁今宵沙漏慢，明年明日挂历更。
宫商角徵羽音绕，水火金木土有行。
盛世龙腾家国乐，东来紫气凤朝阳。

五律　苏仙

乌台诗案羞，吟啸且当游。
贬谪黄州始，题词赤壁秋。
苏仙酿酒乐，东坡拓耕愁。
道骨存知己，文忠太师留。

七律　洛阳花

曾居御苑冠群芳，今入公园展华光。
俏丽鼠姑霓裳舞，凤穿鹿韭送奇香。
画师欲绘倾城色，骚客难书盛世妆。
人道牡丹正国色，花开富贵美名扬。

七律　黑芝麻

埂畔塘边荒坡处，且占一席就芬芳。
开花白蕾节节穿，细叶牵风日日长。
细荚醒来摇鲜露，玉茎腰挺晒阳光。
虽非主播人偏向，曾撒千家万点香。

五律　端午怀古

龙舟汨水忙，艾草话端阳。
孝女口相传，离骚心曲彰。
尊前文化远，观后盛世昌。
民俗精神谱，情同天地长。

七律　夹竹桃

青梅熟了行将尝，伊在翰林作梦乡。
夏雨荷风频暖意，丽娃岸秀雪花芳。
本来冰洁身严守，乍听骊歌心语慌。
竹骨桃神凝浩气，蛇虫不侵有香囊。

七律　听《罗刹海市》有感

志异聊斋谁想读，歌谈罗刹万民讴。
美丑不分曾疑有，黑白倒颠历史留。
感慨乡村无教化，讽嘲社会鲁公收。
请君多阅明清著，嬉笑予歌有笔头。

五律　雾中大观园

车转观楼显，晨曦浓雾中。
竹松恰润秀，亭榭巧迷蒙。
梦女回廊处，寻舟津渡东。
流连消散后，无计遇曹翁。

七律　晨菊

秋风早度蕊初开，不与春光竞艳来。
不问玄琴多少意，且思晓月古今猜。
明黄剑衬黄金甲，淡雅笔挥碧玉台。
把盏东篱陶令趣，轻拈晨露染霞腮。

七绝　蝉

曾为口技隐泥尘，一唱惊人歌剧真。
人嫌言多沉默好，可藏天籁再修身。

七律　酒庄

联袂友朋山麓处，葡萄满垄闪秋光。
玉垂宛若紫珠串，风抚犹闻仙果香。
贺兰山泉琼液酿，西洋木桶藏千觞。
银川醉了东方红，昔日沙场立酒庄。

七律　秋韵

郊野起风天转凉，蝉声依旧吸琼浆。
忽看河口蒹葭老，初见庭园橘柚黄。
竹卷流年聊靓影，悬桥潮汐望斜阳。
春消秋至蹉跎客，尚系南园梦里香。

七律　抗议核污水排海

岛国言行招世谴，环球抗议正当声。
倭寇海盗当生计，挺身盟军为国羹。
新骗排污无大碍，诳称侵略为和荣。
罗刹海市终难改，最恨狂魔苟苟营。

七绝　良渚考古

历史考古探源贤，家国为怀良渚先。
拂去尘埃三尺厚，玉成华夏五千年。

七绝　游富春江

碧波荡漾渡船频，青绿山岚醉长春。
富春山居图看遍，严陵如见钓翁神。

五律　云栖古道

闲趣好徒步，云溪驿道花。
古木浓荫耸，修竹夹径斜。
泉涌果然甜，农居泡绿茶。
且牵西子手，玉山卧红霞。

七绝　刘公岛感怀

满目疮痍清廷腐，虽兴洋务气难成。
撞沉吉野那悲喊，激励红军雪耻声。

满江红　第一艘航母下水

八一军旗，正佳节。海天辽阔。军鼓乐，立台检阅，毯红铺设。日照航母巍峨现，桅杆飘彩钢轮洁。想将军，曾踮脚观船，掷瓶决。

和平保，不停歇。南海闹，如何彻。台岛有狂吠，怪论奇绝。变局不辞身老迈，立功安可军前缺。激动时，不寐起天台，星河阅。

七律　华为礼赞

星条旗语显邪佞，千古文明本色应。
造化麒麟芯片妙，鸿蒙开发早静冥。
尊重强手更坚强，未雨绸缪脑长醒。
破浪长风正顺势，创新守正竞争胜。

七律　品桂赏月

仲秋独占歇群芳，自有君知小蕊黄。
枝上天空蟾影近，叶藏十月织锦囊。
心宁书画能思远，意合生肖入梦长。
一树玉妆添晚色，和风微澜享天香。

七绝　香山红叶

向南大雁阵如人，心中佳丽北影巡。
红叶香山曾驻驿，慎微慎始那时真。

七绝　癸卯大寒

零星玉屑不相看，时节任寒自恰敦。

霍闻友宣翰林院，围炉把酒有清欢。

七律　冬日雅趣

晓寒待暖懒猫偎，踏雪漫无寻腊梅。
战火又燃且掩盖，股屏常绿更低猜。
扫庭烹煮负暄坐，愈俗清供乱木台。
小酌围炉聊世事，不如掼蛋畅怀哉。

七律　岁寒三友

琼宫雪阙数寒时，幸有红梅松竹奇。
冰冻梅欺花愈俏，雪霜枝压更挺姿。
竹梢忍耐暂颌首，抖擞精神借力持。
三友风骚真玉洁，凝香翰墨赞几词。

七律　雪夜观龙之队

洲杯丝捋理乾坤，玉藏围巾暖靥媛。
那处香飘梅蕾绽，这边铃响白袍繁。
雪花半夜煮茶看，清梦掀帘冰壶言。
放水盈场孙子呛，零球无胜意难喧。

七绝　枫树

青枫两颗长塘东，玉树凌云入碧空。
应是秋风私房话，身姿摇摆脸羞红。

五律　无题

新词作博深，充耳不铭心。
套话开场唱，官腔收尾音。
衬衫调研秀，摆拍访贫寻。
干部须干事，清廉务实箴。

五绝　秋趣

长调古筝弹，新诗恰正观。
且盘鸡血章，秋色共清欢。

七律　咏梅

大寒恰有玉花飘，腊气催浓润长宵。
傲气德行人赞誉，凌寒物性世相骄。
银装有幸裹红艳，疏风含香舞长绡。
天地悦心春不远，晶枝梅骨兆丰朝。

七律　围棋对弈

黑白之争聪慧说，拈星作子欲围城。
开篇锦绣驱前后，活眼求真论纵横。
半目劫材留意久，几刀屠龙看云轻。
方圆之内棋天地，大势原来逼不争。

七绝　霜降

桐飞枫赤满河台，朝露成全秋色敦。
芦荻花开正热闹，桂林香艳卷潮来。

七律　英雄悲歌

秦末羽丰金乌舞，拔山盖世出江东。
霸名未固遣兵将，鸿门无谋失汉中。
垓下被围歌四起，江东回盼恨不同。
美人自古英雄识，霸王别姬歌舞功。

蝶恋花　托错

靓丽舞星曾苦学。杏眼红唇，恰玉姿天琢。歌舞升平不及数。风光无限银屏乐。

事发东窗情面薄。绮梦难圆，霎叶枯飘落。大树中空悲托错。青春赔了残梦觉。

青玉案　贺林兄楹联展

诗歌文化窄宽路。仄平难，骈文苦。古韵繁书不得度。斯文闻道，夕阳朝露。解字行文数。

弦歌声远诗词著。祥集楹联圣贤句。养性修身升级步。崇前有向，用今常悟。诗画甘霖遇。

七律　数智岐黄

中医瑰宝万民迎，黄帝内经冠托名。
望闻问切调究细，灸敷针药医求精。
兼施内外系统治，结合中西辨证呈。
数智岐黄今发布，灵丹妙药健康赢。

七绝　惊蛰

冷血冬眠冥想中，半年嗜睡醒来疯。
春眠未觉催雷响，伸好懒腰该复工。

七绝　立春

龙行龘龘气氛新，朤朤前程祈愿人。
恰合肖龙烟雨始，却言今岁是前春。

七绝　小满

不接春黄饥有忆，田头谷穗雨滋浆。

人间小满心情好，收获希望备镰忙。

七律　腊八节

一树菩提千树华，铁锅香粥润穷家。
敦情民俗佛心事，教化祠堂红色裟。
分配第三初意守，善良为首大同嘉。
灾民甘肃逢难日，热粥有无暖白牙。

五律　无题

最好不过去，如过遇敦圄。
本来不去过，谁请过来欤。
早晚得过去，东西过去予。
经常思过去，还是过不去。

七律　瑞雪

裁就银妆今日试，紫云祥集玉花轻。
前塘水静有冰冻，屋后枝头几点晶。
小树林中留足迹，祠堂烛里敬传名。
寻梅踏雪问春讯，但见琼苞香暗生。

七律　迎春

飞黄腾驾自东来，漫舞朝霞喷薄开。
和煦春风吹旷野，靓丽红蕊映天台。
神州有赞康平世，赤县还吟苏辛诗。
兔赴月宫交令箭，甲辰龙女值班催。

七律　药圣

得仙仁者爱无疆，药圣尊名赤县扬。
本草珍藏成纲目，回春有术煮良汤，
扶伤救死弘医德，济世悬壶走四乡。
中药岐黄传世典，方舟人类在东方。

七律　孔子

一班朝奏独尊扬，论语斯文儒学昌。
列国周游修六艺，春秋遍理四书纲。
束脩凡执皆徒弟，志学之年教化忙。
圣地尼山千载谒，大成至圣文宣王。

七律　雨水

出宫龙女盗梅香，行朵携来雨计量。
飘洒水珠窗户打，惊飞花瓣铺前床。
煽情过后青丝捋，起哄云彤笑靥藏。
借问甲辰伊小妹，何时邀我赏春光。

七律　春雨

甘霖天降节时神，碧玉青凝欲爆身。
柳眼微开呈嫩色，草苗复醒探风尘。
绿茶半盏听窗外，年味全屏照谬论。
多日无晴怜墨客，雨烟掩映为生春。

七绝　甲辰初八

甲辰初八闹花灯，祈祷丰登谷日称。
爆竹声喧香火旺，点睛祠拜板龙腾。

七律　除夕

银花玉树气氛浓，年兽威仪赤县供。
户户新桃灯火旺，家家春晚人丁丰。
言欢把酒笑声朗，拜长红包童子恭。
恭喜发财今日语，千祥云集欲腾龙。

临江仙　早樱

风和调成殊色，韵来欲谱词穷。樱花开了灿如虹。美如三月雪，炫作晚霞红。

可惜芳华太短，青春自古匆匆。绚丽盛放一时逢。飘然慷慨去，凄美亦英雄。

青玉案　元宵抒怀

花灯火焰连天阙。窄梅径、香飘忽。灯火阑珊迷皓月。微醺酱酒，玉容初泄，倚座拼情节。

东风送暖心尤切。猜谜鸣锣击鼓碟。慢煮汤圆情绪熨。香熏锦衣，晓春迎接，红晕生甜靥。

七律　白玉兰

素颜出镜赶忙看，天上仙官倚殿栏。
肤洗冰泉呈洁白，体蕴香木一丝盘。
亭亭玉立高枝处，朵朵芬芳为衬繁。
春艳不争当市花，端庄大气自然冠。

七律　望湖楼

择机光顾望湖楼，追梦苏公亦梵游。
阵阵荷波摇碧玉，茫茫天镜载轻舟。
恰逢白鹭庭中过，时觉斜阳照影投。
一色水天成大礼，主婚不醉确无由。

七律　索拉感怀

洋流暖吹又浪前，索拉分频动脑弦。
闻道几句生万物，仿真莫辨起灵妍。
移民星际箭来去，纳米芯微物网联。
机器智能无尽学，忧天吾辈乾坤颠。

七律　元宵源流

满街烟火夜喧嚣，正月来朝隋影摇。
宋米汤圆乘酒兴，唐皇月近戏风娇。
天神燔祭俑为女，祭祀天官上元邀。
秉烛花灯迎紫姑，桑蚕神至带春潮。

七绝　踏春

和风吹得小莺歌，艳蕾含羞猜色何。
丽日谁能平静度，提裙移步侣人坡。

蝶恋花　早春

傲雪红梅开正好。诗句且吟，恰似春来早。腊盛寒香期友约。愁怀不写新时调。

夕日斜枝相拥抱。流水高山，总把相思道。赋得山青人未老。隐居与我同欢笑。

定风波　倒春寒

南话曾经绕宇寰。机缘年代落晴盘。开放浦东正月间。惊叹。繁花一路幻彤烟。

肆意东君寒气传。孤援。愚痴各半两相干。变局百年悬大难。乍暖。犹悲无力敌残端。

临江仙　春燕

春燕迟归檐角，若无所思诗穷。那年时玉堂春浓。独听呢语近，懒看野花红。

风雨兼程逆旅，周遭难道相同。不安心念奈愁浓。泥巢还有梦，春意望成风。

鹧鸪天　不如一见

几日寒潮生玉烟。凭栏江畔行程难。书笺欲寄酬回忆，聊到春风洗柳颜。

冰未化，雁南还。东君欲乘摆渡船。不如一见东风暖，即便周遭依旧寒。

七律　茶园沐春

春来茶树嫩尖葱，指舞翩轻碧玉丛。
墨翠千山林中绿，霞光万道脸桃红。
青春鸣鸟奏弦乐，溪水甘甜洗目瞳。
莫道蓬莱仙岛好，不如一见玉屏逢。

七律　闻南海建成大岛

石塘千里望观音，万里长沙龙复吟。
涨海黄岩宣志气，岛呈环礁淬仁心。
巡洋振甲吴钩执，探海能源碧浪深。
莫道浮云多变幻，言之不预最强音。

七律　贺福建号航母在沪下水

四海蛟龙三子强，大洋东去墨蓝环。
电磁弹射推重器，隐匿飞机智慧殷。
且下西洋南海靖，前出海峡固台湾。
旌旗猎猎东风急，试看寰球谁敢顽。

七律　龙图腾

神龙未有见真容，千载威名帝自封。
驾雾腾云巡四海，呼风唤雨佑耕农。
精神堪赞先于马，力道无穷合虎宗。
巨鳄灵蛇图腾说，古人创造让人恭。

七律　郊游

高悬旭日湿凉收，嫩绿城郊倍软柔。
李子繁花棉白秀，阳光春暖似鱼游。
心情拾掇避喧闹，爱好开源抛世愁。
乡镇采风开胃去，诗囊无满健身赳。

满江红　国庆

玉露金风，渲染中、东方调暖。真国色、红黄喜庆，人民相伴。秋爽人游观夜景，新潮古典双江岸。几套件，攀比欲摩天，龙头璨。

申城美，虹桥串。淞浦静，长江漩。陆家嘴高耸，天朝门面。临港又成新宇宙，和平饭店观长远。人道是、星五利中华，初心唤。

水调歌头　诗酒人生

进酒声催急，诗酒古风藏。难关何惧，墨客温酒也轻狂。天下熙熙攘攘，赴任戍疆贬放，更进酒杯尝。把盏青天问，此处亦吾乡。

解征鞍，呼小二，碗琼浆。游行外放，旅中把酒和情商。唯有杜康解闷，斗酒百篇吟唱，自酿也飘香。迁客微醺后，文化欲铺张。

卜算子　打样

街径风雨斜，伞女前头望。恍惚身形熟悉味，惹得分神漾。

忆携手秀州，裁剪将来样。计划今如漫烟雨，散落江南巷。

点绛唇　天籁可藏

攀上枝梢，趋炎附势蝉声噪。总赓高调，终究遭人恼。

古往今来，天籁先藏好。一鸣哨，自然骄傲。脱壳金蝉狡。

五律　早春

东君软湿光，犹觉早春凉。
桥畔梅苞吐，天边冻雨扬。
俗风随意去，节气伴梦翔。
烟火和新韵，姑且祈暖阳。

七绝　甲辰清明

雨歇樱林斑径化，烟云天地葬花情。
江南深处有殇触，欲寄悲思遮分明。

五律　惊蛰

燕裁柳叶函，繁华半坡庵。
夕闻春雷响，眠蛇醒洞南。
春秋曾记忆，得舍塞翁谙。
莫要赶时令，探头需望三。

鹧鸪天　芒种

仲夏温升大地茵，节令芒种最劳辛。麦芒一片喜微浪，千万秧苗插入频。

水田绿，铁牛勤。青梅煮酒有精神。江南欲谱丰收曲，细作精耕经字真。

七律　干劲

谁言不惑又来秋，依旧文青有劲头。
工运宏图新曲谱，家园修饰暖馨流。
加班办学无周末，咏句沧桑漫渡舟。
暑假河山行走处，红尘一镜胶卷愁。

七律　不惑之年

外圆方内力行公，混浊分清辨异同。
参透人情天地阔，宽严适度意无穷。
尺标眼藏用其长，度量胸怀有道风。
避短扬长修养到，提高站位看贤翁。

满庭芳　霜降

尽染层林，叶摇疏木，霜降不怪西风。蝉虫隐迹，人字雁书空。莫道天寒菊瘦，且看那、芳百凋空。自然是，加持羽衣，口罩欲迎冬。

寒心随日转，高来低就，来去匆匆。最羡慕，自由恣意西东。大把时光羁绊，循天道、即是臣忠。探深浅，感恩真切，活着即成功。

沁园春　黄花

翠碧繁枝，银丝婆娑，金鳞芬芳。选时光独宠，天生丽质，嫩黄那种，浓淡飘香。墨客痴迷，蟾宫偏爱，日月同辉金印彰。因王莽，丢谦谦自敛，煞气无双。

冷云漫溢风霜。飘落尽，物悲生感伤。恰缕千万瓣，雄安素雅，捧来三朵，寄入华堂。天狗忠诚，帝娥眷恋，如史官穿越八荒。且感慨，那东篱爆菊，倾倒春光。

洞仙歌　芳华

当时我醉，玉脂颜色，光明堪悦。冲动正要去，避骊歌伤别。丝镶工艺，望舒蟾桂，云行冰轮，不思量、圆又缺。空洞派，懵懵懂懂心诀。

心诀。顿成饥荒，蝴蝶飞梦，空壳金蝉，推向惊那么远，起伏对无声阔。月光不见，愁人看云，天象含愁，不晓得、寒真切。何处觅知音，自古缘说。且歌未阕。待雾露收、东方霓。庭梅发，恰似睹、芳华冰洁。

七律　西溪湿地

西溪如碧水生稠，芦荡枫彤柿意流。
民宿白青居竹里，轻舟画彩泊桥头。
柳飘烟雨风光秀，莺舞笙歌曲径幽。
鸥鹭戏前耕细浪，且泡龙井榼联浏。

七律　胡庆余堂感怀

陶朱道义口碑攀，红顶商人端木般。
军饷巧筹功引祸，白虎未击犯淮颜。
金丝楠木居徽派，内外银行冰下患。
树大招风堪不折，百年宿命瞬间删。

五律　广济桥怀古

锁索接双岸，江湾凌长波。
移舸宏舫渡，拴舳粤人梭。
天水行云看，韩埔祭鳄多。
潮州城中听，刺史有祠歌。

五律　西路军之殇

千里西征难，狼烟起陇寒。
目标不清晰，马匪戮不完。
力竭陷重围，血洒红土峦。
不堪回首处，十年报仇叹。

七律　博鳌论坛

琼海横沙财水猜，天涯先览博鳌台。
满眸椰树环堤绕，也赏红梅三角裁。
全亚论坛谋发展，东方引领纪元该。
风光无限迎天籁，济济帆堂向未来。

五律　杞人忧天三首

一

荒唐民粹喷，丑陋不知浑。
文胆遭低俗，斯文被案冤。
愚夫该教化，莫言最须言。
且观能量剧，乾坤清朗敦。

二

春雷惊蛰眠，出洞咬夫先。
反智德行失，癫狂黑白颠。
且珍娃哈哈，还惜越山泉。
浙地两瓶水，皆争民企贤。

三

留言戾气讹，动辄执干戈。
幻象朝天吠，无情造敌魔。
唏嘘专家杂，感慨大拿多。
法治博流量，宣传责任锅。

七律　赞整风肃纪

灭蝇打虎猎狐奸，严治之弦全面弹。
八项规定风气正，中央巡视尚方端。
阳光法案治标本，廉洁文化荣辱观。
一体推行三不腐，无分小吏与京官。

七律　纪念鲁迅

弃医从教笔枪论，道义担肩民族魂。

聚集左联真呐喊，文章警世冠昆仑。

慈悲民众牛头俯，荐血轩辕子龙奔。

怒骂横眉几舔狗，神州幸有鲁公尊。

七律　新加坡之治

国家迷你礼仪邦，法治思维儒有腔。
治理基层依大众，公开财产党员扛。
制衡权利严依法，廉养高薪少染缸。
社会倡扬重和合，清廉指数亚洲窗。

七律　无题

一波数字喜凡尘，满网奇观懒较真。
茶煮一杯红酒色，吟诗半阕武陵人。
岁寒三友天正雪，时节收尾欲早春。
笑尔搬抄精算客，浮夸那事不称神。

七绝　巴以冲突

丛林法则古今连，应许之地箭雨天。
人兽同题神莫解，安排两国上头悬。

七律　闻朱家尖观音文化苑开园

舟山春晓麓南岗，紫竹潮音东海浪。
仙岛樟林同吉瑞，海天佛国隔空望。
千名弟子心经读，一念慈悲筑道场。
般若灵山留法界，佛教文化再端详。

七律　赞脱贫攻坚

减贫共识理论同，山海相联协力攻。
精准脱贫和社稷，共享福祉万民融。
驻村干部百家乐，道路先修万户通。
支付转移方略好，小康社会中华雄。

鹧鸪天　女神节

三月微风节日招。羽绒退露小蛮腰。
柳枝才剪随风舞，恰若兰花领月韶。
本冰洁，会时髦。厅堂上得也烹烧。
天撑大半今朝看，神女凌云正弄潮。

七律　暖春

暖风东渐早心祈，草木同春芳华依。
杨柳轻飘随意舞，笋竿茁壮刺天威。
芭蕉忽展美人痣，庠序茫然乱穿衣。
最是钟情春燕子，依然识得泥巢归。

五绝　落英缤纷

起舞飘樱落，蜂蜓逐溪花。
蕊心贪玉露，人面映红霞。

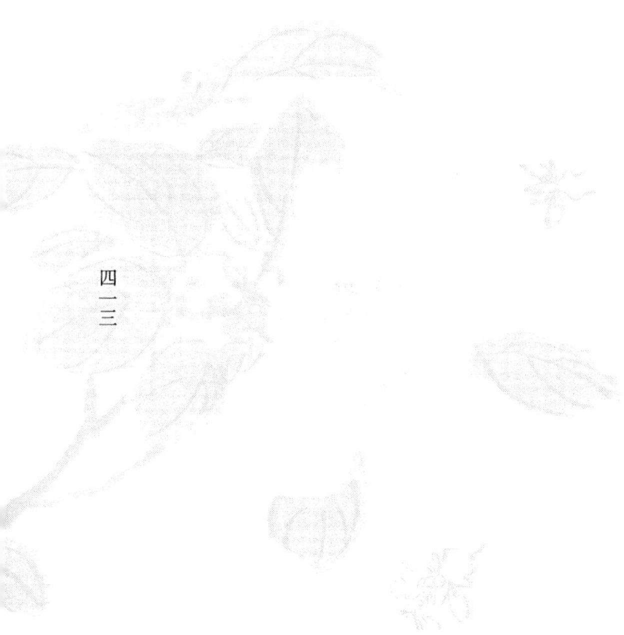

七律　闻鹭岛校友获表彰

东风三月助人浓，鹭岛清凉见雷锋。
城市有温窗口亮，党员带领众心恭。
平常事迹难多做，小善恒持传有宗。
街道随看真善美，文明现代精神丰。

七律　咏竹

不论山水近台堂，挺拔雄姿骚客倡。
生就节持凌云志，终身虚谷老更刚。
篾黄带翠编成器，冬笋藏鞭品味香。
且聚四君铭陋室，还请三友立中央。

临江仙　同事荣休

干净忠诚担当，壁涂仍执规衙。廉关风险分层把。登台先进聚，荣退捧鲜花。

甲子丽娃印记，水磨点墨如花。御长风又动芳华。校门檐下立，文论案头斜。

七律　感怀

白云如水洗眸观，风拂红楼暂倚栏。
交替自然思聚散，卸肩责任总平安。
春来不省晨林好，秋晚方知离别难。
知止而定禅思在，且吟闲句磨键端。

七律　芦苇荡

独行江岸满飞鸥，碧色朦胧金水浮。
聚是流云随渡散，别时花落逐溪流。
春天光耀心跳速，心念红尘眉眼羞。
芦苇阵型曾指点，蒹葭悄染碧葱头。

七律　初夏漫题

金鸡报晓起来由，晨汽沾衣东镇头。
草莓余花如粉蝶，黄瓜刚熟满篮挎。
一壶酒伴花生米，三首诗吟龙井喉。
伴鹭横舟湖自静，水天红霓向西收。

五律　秋露

晶圆冰透符，择季法珍孵。
笑靥映明月，描形线谱图。
晨珠仙挂早，暮鼓化须臾。
胸有万花镜，清香待御乎。

七绝　雨柳

东君送暖剪芽新，春雨绵绵洗翠身。
雨霁梳柔拢不住，飘枝滴圈一池春。

水调歌头　校友会换届大会

相约夏雨岛，学子汇东方。金秋佳节，丽娃情致酿馨香。海内同学风采，南北咸来盛会，共度在长塘。行业精英众，儒雅帅儿郎。

五年整，时光快，秀一场。弦歌不辍，爱国荣校更争光。卓越育人日进，大学一流有待，教育必称强。接续今传棒，明日续华章。

一七令 咏梅

梅。

虬骨，冰肌。

身高洁，耐坚持。

清香浮影，正气独驰。

雪雕花点缀，葱蓊暖春知。

雅韵力邀松竹，檀妆独冠词诗。

骚人喜栽庭前树，迁客比附落红辞。

七律　晚晴

花甲一对兔同窝，来去奔波苦乐多。
犹记茶园清香嗅，也曾气盛有嗔呵。
经霜黑白老来伴，茶泡红绿日晏歌。
执子之手河畔行，黄金十载旅如梭。

七律　贺尚德校庆

秋来调色道宏光，尚德吾庠文化廊。
融合课程多创造，超限学习思维强。
树人立德知行一，科创赋能五育纲。
奏响弦琴艺术范，顶天立地未来扬。

沁园春　闻校园樱花盛开

狮岛悬桥，师路花语，寸屏春游。颂新庠翰府，白云高阙，天台礼谒，学子寻求。潮汐樱桃，人之水镜，隔壁男孩缆系舟。微吟罢，凭桥栏无语，往事悠悠。

如今我亦闲休。想当初、躬身共划谋。选优良树种，浙东胜地，春山先上，后壮鸿猷。斗转星移，不凡顺遂，我自涵濡知己酬。天不老，但吟诗作画，且唱春秋。

七律　生日感怀

时值花甲亦惊讶，卌载师堂环紫衙。
满腹诗词唠嗨后，一堆文论墨如崖。
四轮岗位度春秋，河间东西冬夏花。
黑发盈头吟雅韵，且盘羊脂走天涯。

七律　校友之家仪式感怀

金秋交替值佳辰，虫二丽娃紫瑞臻。
吟韵诗工师李杜，挥毫墨印好苏辛。
道儒浸染自然雅，上善潜融两河亲。
洞照老童欣护主，初心不忘驭飙轮。

七律　青春不老

身是花翁心态好，翻开古典耸诗肩。
行藏在我真返璞，战和由人不问天。
酱酒三杯挥笔墨，清和一曲付红笺。
且吟词仙三州句，仁智随缘总有禅。

七律　闻诗集付梓

冰轮如约走长空，顾盼殷勤意朦胧。
丹桂庭前闻香识，金枫后院伴露红。
旧词成册雕版墨，新句留笺薛涛功。
凭栏遥看光影秀，依稀故事忆略同？

七律　甲子随吟

金风夕照鹭还和，把酒凭栏欲放歌。
健步随拍心态好，攀高探径剑还磨。
感怀韵合诗千首，闲静临书纸一箩。
明朗窗台秋色好，斋中红袖茗斟多。

七律　自嘲

从心所欲不逾矩，处世为人祖谱古。
甲子序章言尔雅，退休长论离骚谱。
樽前恍惚红颜在，镜里依稀川字堵。
老少一同需学习，虚怀若竹入危股。

七律　岁月感怀

江湖行走未随流，津渡难寻泊绿舟。
明亮新途今日始，不堪往事合篇休。
春秋掌上常盘玩，绿蚁樽前小酌悠。
且看红尘名利客，纷争天下使人愁。

七律　清欢

芝麻官免一轻宽，世事且闻壁上观。
掼蛋唤朋餐前后，品茶呼友节时看。
玉盘贝少多遗憾，笺句才疏推敲难。
莫叹闲来多寂寞，终身学习享清欢。

沁园春　学院交接仪式

癸卯叮红，人觉韶华，忘数年轮。立两河书苑，觅方寻睦，文章道德，克己忠仁。曾闯雄关，繁城再破，奋进不谈辱与尊。纵岗退，道晚霞朝露，又有茶樽。

求实创造唯真。取法上、追求为至臻。利他人格赐，自然香闻。学思践悟，世似尧舜。进则排头，静还思远，谈笑寰球人器神。新酉到，聚高朋满屋，指点藏珍。

七律　小平您好

改革先潮科教澜，小平伟绩耀人寰。
南巡论语宏图展，开放新程壮志攀。
求是精神传久远，创新理念破重关。
复兴之路丰碑立，华夏同瞻忆圣颜。

念奴娇　怀念邓公

光明之径，高考正重启，育英齐簇。科学春天花绽处，留学引才潮急。招士兴邦，引资图业，实干民殷足。理论昭烛，南巡言简情笃。

回首岁月嵯峨，初心铭记，壮志何曾伏。开放革新书伟绩，华夏繁荣如簇。领袖情浓，人民怀慕，伟业千秋筑。江山如画，共迎昌瑞红旭。

满庭芳　校河治理

粟妲惊梦，丽娃声蜚，泊舟子夜波柔。荣家义举，何氏架虹留。文脉潺潺流淌，书香绕、学子凝眸。百年间，辉煌卓荦，圣地韵长悠。

而今清理处，河床见底，憾叹无休。忆往昔，风光岁月曾酬。唯愿波平浪静，四季里、胜景常收。期明日，繁花竞绽，桃李满芳洲。

念奴娇　泳者无敌

浅池翻浪，望潘郎，恰似飞鱼轻落。挥臂兴澜，身影疾，尽显骄龙英魄。畅泳波中，自由展绩，快若惊鸿掠。亚洲荣赫，世间皆颂功璞。

遥指奥运新程，欲雄图再擘，豪情盈握。异域徒嗟，心忌妒，妄语无端胡作。赞我儿郎，劈波追卓铄，将心尘濯。更强更快，永铭荣耀辉烁。

七律　苍山洱海

苍山洱海韵无穷，雪月风花映碧空。
三塔擎天彰瑞气，蝶泉涌地显灵融。
半山半水皆成画，双雀双廊映黑瞳。
且把诗心漫举盅，放飞心境水天中。

莺啼序　悟老子量子

星云浩茫世境，探光尘奇幻。自旋际、混沌幽玄，纠缠迷雾难辨。至深杳、仙团叠嶂，波函概率思维乱。道阴阳生一，转来欲求真诞。

老子箴言，德道承传，悟浑然经典。太极转、法自天然，顺天经易为善。守中和、刚柔相济，循规律、和谐长伴。感古今，智慧相通，光辉仙璨。

破迷驱雾，镜览宏微，银河奥玄观。意觉醒、灵魂有念，飘荡恒守，宇宙星悬，祸福依转。飞轮无限，还瞻波粒，坍塌为道开源洞，静无争、指点无量间。微言藏秘，佛道同气相沿，天人古今相恋。

若流静转，常焕乾坤，感应灵踪显。莫分辨、研探正卷。至简真言，正德行藏，旨远情暖。纠缠量子，叠加成态，曾经探索路漫长，欣迎来、计算通讯赞。启开科技新元，璀璨同臻，未来无限。

春之吟

人间立春至，新春大如年。虽为年前春，无春缓囍筵。恰逢两头春，新人春心悬。
春节重团聚，春俗代相传。户户春灯亮，家家春联粘。方桌摆春祭，土庙春祀连。
春卷香飘逸，春笋咸肉鲜。春饺盈盆满，春酒猜拳宣。春晚不忍看，掼蛋似春癫。
通宵春无眠，焰火春花燃。请安表春意，叩亲赠春钱。寸屏拜春岁，视频春景妍。
社火闹春意，板龙御春烟。阑珊春韵在，戏台舞春仙。春凳曾暂坐，春愁花开前。
春燕识旧巢，衔春舞翩翩。紫气春日至，春潮晚来贤。春雨润田垄，春雪孩童欢。
花信催春梦，春阳轻抚怜。红梅迎春来，玉兰绽春颜。春柳画波心，春草绿阶沿。
春鱼游碧水，春杏出墙垣。春日野穹阔，最宜踏春天。春风十里荡，不忘秀春衫。
春山古道幽，春泉响流川。味甜春气馥，好闻春茶咽。春芽竞浪漫，春翅慢摇然。

春竹披翠袂，雪松春愈坚。仲春乍暖寒，鹿鸣春泉边。春雷惊蛰起，龙头抬春渊。
春林曲痴唱，纸鸢放春弦。春光照晶露，春梨压海棠。春分繁花艳，春景徘徊缠。
诗情绘春意，不负春光缘。春醉灵魂漾，春思又蔓延。樱雨憾春短，春印在泥砖。
作意留春驻，春姑欲回旋。一夕春水涨，春耕春播繁。春树植一棵，春苗已插田。
迎春探春勤，怀春惜春还。

后记

诗词是中华优秀传统文化中摇曳生姿、鳌头独占的文学体裁，是中华优秀传统文化的杰出代表，是中华文明展现连续性、创新性、统一性、包容性、和平性的重要载体和有力见证，是我们民族的印记，是我们灵魂的载具、智慧的源泉与精神的归宿。

诗歌源远流长，几乎是与东方人类语言相伴生的。史前没有文字，人们会通过说唱的形式来讲述和传承自己部落与氏族的生活故事以及历史，如先祖功德、狩猎生活、祭祀活动、恋爱繁衍等。随着文字的诞生，人们开始把口耳相传的说唱记录下来，用最优美精炼的文字去表达最细腻的情感、最神奇的传说和最悠远的哲思。如「蒹葭苍苍，白露为霜。所谓伊人，在水一方」，尽显古人之浪漫。所谓《诗经》，就是由采诗之官采集民间流传的祭祀歌、「王畿正声」及里巷歌谣整合而成的诗歌总集。《尚书·虞书》曰：「诗言志，歌永言，声依永，律和声。」可见，诗是用文字记录的思想情感，然后通过吟唱表达出来，而吟唱时是要合韵律、配乐器的。如果说《诗经》是华夏各地诗歌的集大成者，那《楚辞》就是带有地方色彩的专家作品集。屈原、宋玉等以楚地民歌为基础开创了浪漫主义楚辞体诗歌，在中国古代诗坛占有崇高地位。

汉乐府则将古代五言诗推进到现实主义的新高度。大家耳熟能详的《陌上桑》《孔雀东南飞》等，使用大量民间杂言口语，不仅反映丰富的社会现实生活，而且有深刻的思想境界。汉乐府民歌对后世诗歌产生了极为深远的影响。魏晋南北朝虽然动荡分裂，但诗坛风景别致。曹操的《短歌行》豪情万丈，曹植的《白马篇》骨气奇高，阮籍的《咏怀诗》忧愤深广，左思的《咏史》振聋发聩。陶渊明「采菊东篱下，悠然见南山」是田园诗鼻祖，谢灵运「池塘生春草，园柳变鸣禽」开山水诗风，脍炙人口的《木兰诗》还被后人与《孔雀东南飞》合称「乐府双璧」。

诗歌到唐朝达到顶峰，唐诗是中国文学艺术宝库中璀璨夺目的瑰宝。在唐朝诗歌也分古体和今体。古体诗是指汉和魏晋南北朝不拘一格、形式自由的诗体。今体则是大唐流行的创新诗体，其源起于齐梁时期的永明体，讲究字数、声律和对偶，到唐初格律规则逐渐成熟。其讲究平仄、注重格律、协调音韵，形式分五绝、七绝、五律、七律及排律等，天地万物、家国人伦、虚无缥缈皆可成诗，比兴寄托、夸张幻想、现实铺陈咸可运用，把无限的创作内容和艺术手法，作用于有型、有限、有格、有律、有韵的规范之中，一时多少文人士大夫趋之若鹜。诗是最美的文字，诗有形境、情境、禅境三重境界，达到任一重境界便是好诗。若一首诗不仅诗中有画、诗中含情，还富有哲思，自然是诗坛名作了。有唐一朝诗歌名作浩如烟海，诗坛巨星灿若星河，呈现了中国历史上绝无仅有的盛唐文化景象。巡视唐朝，有诗仙李白的浪漫主义、诗圣杜甫的悲天悯人、诗佛王维的诗中有画、诗杰王勃的雄笔奇才、诗魔白居易的闲适讽喻、诗骨陈子昂的风骨心计、诗鬼李贺的鬼仙之辞、诗豪刘禹锡的唯物哲思、诗狂贺知章的意气风发、诗囚孟郊的心灵之舞、诗奴贾岛的淡泊致远、诗情李商隐的含蓄婉转，等等。李白的诗酒飘飘欲仙，得道家仙气；杜甫的悲秋凝视人间苦难，用苦难锻打诗句，得家国天下的儒教真传；王维的洒脱清静淡远，有超凡脱俗的佛家印记。他们已经是山高人为峰了。还有崔护的「人面桃花相映红」的美好，元稹「曾经沧海难为水，除却巫山不是云」的感叹，有李商隐「一弦一柱思华年」的惘然，张九龄「海上生明月，天涯共此时」的思念，更有刘禹锡「沉舟侧畔千帆过，病树前头万木春」的高远，而张若虚的《春江花月夜》则被称为「诗中的诗，顶峰上的顶峰」。显而易见，唐朝是一个诗的国度。那些诗意的人生经验、情感、况味穿越千年与我们云端相见，那些墨载的人性洞察、人生哲理根植于我们的灵魂深处，赐予我们的精神文化财富取之不尽、用之不竭。

唐诗如此精彩绝伦，宋词却可以与之争奇斗艳。

词是不同于诗的文体，是相对于唐诗的新体诗歌。它也来源于民间，可以追溯到南朝梁代，形成于隋唐，如李白的词作《忆秦娥》《菩萨蛮》等已有很高造诣，但在宋代达到全盛巅峰。虽然，诗有天生的音乐性，但词有过之无不及，它本来就是合乐的歌词，故称之为曲子词、乐府、乐章等。可吟唱的词调通过词牌固定了下来，明确了押韵、对仗、平仄、长短句，甚至时令、氛围等。宋代文官政治、人文鼎盛，改革思辨、气象万千，文人墨客以填词唱吟为荣、诗酒人生为乐，无论顺境、逆境、绝境，无论庙堂之高、江湖之远、残阳如血，无论想得开、拿得起、放得下，在赋比兴中找寻精神寄托，在炼字填词中欣赏文字美、韵律美、意境美和情感美，一填唯心、一吟为安，一吐为快、一饱耳福，笔耕不辍、乐此不疲，从而涌现出了以李煜、李清照、柳永、晏殊等为代表的婉约派和苏轼、辛弃疾等为首的豪放派。李煜的「春花秋月何时了」，柳永的「多情自古伤离别」，辛弃疾的「蓦然回首，那人却在灯火阑珊处」均成千古名句。苏轼的「千里共婵娟」逸怀浩气，超然尘垢之外，遭遇「乌台诗案」的贬谪更加成就了坡仙「一蓑烟雨任平生」「大江东去，浪淘尽，千古风流人物」的豁达豪迈超然，他的才华、思想、人格魅力和道仙境界为后世膜拜。有宋两朝时运不济，文明繁华不敌快马弯刀，北方游牧民族强大，宋朝君臣被迫南渡北伐，最后以中流砥柱抗阻蒙元铁流，以致踏海而亡。宋词多家国情怀、高风亮节、壮怀激烈、悲歌绝唱，陆放翁的「当年万里觅封侯，匹马戍梁州」，辛弃疾的「了却君王天下事，赢得生前身后名」，文天祥的「为子死孝，为臣死忠，死又何妨」，还有广为流传的岳飞《满江红》等，为中华民族精神谱系增光添彩。

现存的词牌达一千多种，丰富多彩、包罗万象、姹紫嫣红、千姿百态。宋代印刷术的兴盛为后世保留数万计的名家巨匠大作，让我们一睹为快。然而古代没有办法将美妙的词调唱腔声音保存下来。湖北荆州王家嘴楚墓出土了疑似失传的《乐经》简牍，这先秦乐谱却难以解读。而宫商角徵羽三分损益法、减字谱、工尺谱等简单的记谱方法难以去复原古代词调丰富多变的音乐表征，现在我们就难以一听为安了。

好在中华诗词文化在元明清仍然得到继承和发扬。元朝诗词曲佳作不少，马致远的「枯藤老树昏鸦，小桥流水人家，古道西风瘦马」，关汉卿的「黄菊绕东篱」成为千古绝唱。但诗词暂时退出了文化主舞台，元杂剧应运而生。从某种程度上说，元曲四大家（关汉卿、马致远、白朴、郑光祖）是以诗歌的情怀创作戏曲。诚如文学大师钱谷融先生所言：「一切文学作品都应该是诗，都应该有诗的意味。」明朝复古思潮发轫，文追汉魏、诗宗盛唐，弘治诗唱和盛况空前。虽然明代并没有产生唐宋那样多的杰出诗人，但诗人众多，作品浩如烟海，且流派纷呈，台阁体、茶陵派、唐宋派、公安派、竟陵派等相互论争，热闹一时。其中，宋濂的散文《送东阳马生序》传诵天下，高启《登金陵雨花台望大江》气势磅礴，刘基诗文俱佳，《买马词》古朴雄放，杨基凭《岳阳楼》被称为「五言射雕手」，于谦的《石灰吟》千古流传，杨慎凭一首《临江仙·滚滚长江东逝水》，成为明朝诗坛的第一人。

清朝虽然有「清风不识字」的文字狱，但也挡不住诗坛代有才人出，如袁枚、赵翼、高鼎、龚自珍、郑板桥、林则徐、曹雪芹等，至情至性的纳兰性德唱着「人生若只如初见」，附庸风雅的乾隆皇帝喜欢把玉吟诗。特别是清朝在三百多年前颁布的《钦定词谱》，被近现代学者奉为圭臬。它把各种词牌的基本结构、平仄描摹、韵式规范基本都标示出来了，把韵作为词谱最重要的元素，深入人心。平仄（分别相当于汉语拼音的一、二声和三、四声。平水韵中还有入声，被分布到今音的韵部中，多数被纳入一、二声部。平水韵中还有平仄两用字，用作动词时一般为平声，用作名词和助词时为仄声）形成抑扬顿挫的节奏感和韵律美。押韵是词谱赖以成曲的基础，韵一旦错了，那就必然不靠谱。虽然古韵与现在的普通话的声韵不尽相同，而在客家话、闽粤语和吴越语中有较多保留，但大差不差。我读大学时的老师中，历史系的老先生苏渊雷是文史大家，精通韵律，腹有诗书气自华，堪称「诗书画三绝」。他朗诵和创作诗词就是用浙东口音吟唱的方法，让人身入其境，如沐春风，余音绕梁，回味无穷。

民国时期新文化运动与国外翻译文学的大量涌入相激荡，涌现出时髦的白话自由体新诗的浪花，一时文人墨客趋之若鹜，流派纷呈，影响至今。如刘半农的《叫我如何不想她》，胡适的《希望》，戴望舒的《雨巷》，徐志摩的《再别康桥》，林徽因的《你是人间的四月天》等。其间还产生了新月派等，如闻一多的「诗歌三美」理论，即音乐美、绘画美和建筑美，可算是对自由体新诗散文化倾向的一种归劝和对新格律诗的有益探索。但能写出优美古诗词的仍然大有人在，毕竟那时的文人学者曾经受过系统的古诗词训练。如鲁迅的「横眉冷对千夫指，俯首甘为孺子牛」、李叔同的「双手裂开鼷鼠胆，寸心铸出民权脑」，周恩来的「面壁十年图破壁，难酬蹈海亦英雄」，特别是伟人毛泽东的《七律·长征》被誉为革命诗歌的经典之作，收入埃德加·斯诺的《红星照耀中国》而广为人知，而《沁园春·雪》「数风流人物，还看今朝」更是登峰造极。

百年前格律诗经历了前所未有的挑战，仁人志士为救国救难曾给汉文字开出了简化、拼音化的药方。幸得天佑中华文字！在电脑互联网时代，中文超越其他语言的优越性进一步凸显。我们要从中华诗歌文化宝库中萃取精华、汲取能量，坚定文化自信，并让其在新时代绽放新风采。今天人们欣喜地看到诵读古诗词之风渐起，鉴赏古诗词之美的节目大受欢迎，古诗词阐释大行其道，诗词创作则是「旧时王谢堂前燕，飞入寻常百姓家」，正在发挥着增强文化自信和社会情感能力培养的重要作用。然而，不知从什么时候起，「王谢」们对诗词创作或多或少存在着不能、不敢、不想的问题，就是高等学府里不少中文、历史系的老师也宁愿花更多时间去研究怎样还原历史场景、怎样阐释直抵作者本心，却鲜有创作创新的冲动和致力于大雅重振。拥有诗和远方之梦的人们，也往往小满于背诵几首古诗词聊以自慰，或者藏匿在诗词中不理红尘、各自安好，或许在言不由衷、词不达意时，用它化解自嘲，抑或抒发「初闻不知曲中意，再听已是曲中人」的感慨。怎样对传统诗歌文化进行创造性转化和创新性发展，是时代的新命题。如果我们坚持「志于道，据于德，依于仁，游于艺」，对诗词平仄、押韵、拗救、对仗等常识和规律有一定了解，再加上身逢盛世，又遇百年未有之大变局，创作题材丰富多彩，通过炼字和修辞，注重诗情和意境，善于书事和用事，进而返本开新，也应该可以做到「从心所欲不逾矩」，写出观照现实、体现时代精神和情感的上乘作品。窃以为在传承和弘扬诗词文化方面有五点可以探讨发力：一则鼓励文人学者和具备深厚文化素养的领导干部接续引领诗词创作之风气，创作具有时代特色和民族精神的优秀作品，讴歌伟大时代；二则推进诗词文化与当地文旅事业的有机融合，搭建载体平台；三则充分发挥人工智能对古诗词的研究阐释之功和辅助创作之用，加强智慧赋能；四则将中华古谱诗词典籍资料收集保护好，对诗韵和词牌进行音乐化复原和创新，着力传播弘扬；五则鼓励对诗词的改良，使诗歌文化基因与当代文化相适应，在保持韵律美的同时，推进守正创新。

笔者试着身体力行，用诗化的文字记录时间，虽抓不住时间飞逝，好在诗可醉人、墨自生香，创作的过程犹如时间的反刍，慢慢吮吸着人间至味，留下一地的华丽表象，以及那些摩崖石刻般的印记与过程的断简残篇。

本集选录的四百三十多首诗词，主要由古体诗、格律诗和词牌组成。作品内容既有生于斯、长于斯、歌哭于斯的乡愁乡情，也包含对此身奋进、此心安处的校园和魔都的深深眷恋和不解情愫，还有部分作品指向远方，游历名胜、拜谒圣贤、寄情山水、穿越古今，更有「神与物游」，感念四季轮回、感怀青春不羁、感慨时代巨变。本集权作抛砖引玉，粗陋之处，敬请海涵。取名「繁露映春晖」，是敬重诗词如冠上冕旒玉串闪耀着迷人之光，又宛如枝头的颗颗小小晶露，却映衬着整个春天。

感谢华东师范大学出版社社长王焰教授对诗词爱好者的厚爱和扶持。感谢责任编辑曾睿副编审认真周到的校正指导。感谢美编刘怡霖、纪冬日、闫雨欣为诗集创作了插图。感谢美术学院书法系主任、西泠印社理事、中国书法家协会理事兼中国书协教育委员会副主任、上海市书法家协会副主席张索教授为本集题写书名。感谢著名画家、瓷艺家陈明先生为本集创作封面图，他是意大利佩鲁贾国立美院终身荣誉院士、民革中央画院副院长、民革上海香山画院创院院长。感谢方笑一教授为之作序。其为大学古籍研究所所长，究文学之要，明诗词之旨，通古今之变，才华横溢，是央视《中国诗词大会》的命题专家，他对本集给予了诸多雅正指教。感谢文史大家忘年诗友刘永翔老先生和著名诗人林在勇仁兄等的日常交流指引，获益良多。感谢领导、师长、同事、朋友和家人给予的鼓励和支持。

斯阳　于丽娃河畔

二〇二四年仲春

补　记*

诗者，情之所托、意之所寓之具也。自《诗经》以降，诗之传统若长河滔滔，源远流长，历数千载而不衰。今余著此新集，欲承古之雅韵，扬今之新风。

古体之诗，质朴天成，自然不拘，可畅抒胸臆。其情至真，其景至切，能触人心弦，动人心魄。格律之词，韵律严整，对仗精巧，平仄协调，音韵谐和。于字句细微之处，尽显精致之美，蕴深厚之理。

余以为，格律貌似桎梏，实乃诗之骨架、韵之灵魂。篇有定句，句有定字，若洗练唯美，

* 恰新诗集付梓之时，豆包横空出世，遂得助作文以为记，岂不美哉。

形制恰到好处；平仄相间，逢偶押韵，如琴瑟和鸣，音韵悠扬婉转；颔颈对联，对仗工巧，似珠联璧合，意趣横生无尽。然若拘于格律而弃真情实意，如抱薪救火，必适得其反。诚如王国维所云：「词以境界为最上。有境界则自成高格，自有名句。」当以情为本，格律为辅，情至深处，格律自合，方能成佳作妙篇。

家国情怀，乃诗之鲜明底色。余生于浙中金衢盆地之东阳，乡情乡愁，常萦于心。桑梓之地，歌山画水，风俗醇厚质朴。每念及此，情思缱绻绵长，皆入诗篇。丽娃河与樱桃水之畔，大学之园绿草如茵，风光旖旎秀美，亭台楼阁错落，书香四溢弥漫，实乃求学之佳处，其物象表象，念念在兹，触景生情，移情入境，情景交融，亦为诗之意源。古人云：「不忘故乡，仁也；不恋本土，达也。」行万里路胜读十年书，山川之娇、风花雪月、社会万象，投射心湖，泛起涟漪，为诗之意象想象注入生机。

余长于改革开放之伟大时代，国富民丰，万象更新。今欣逢科技腾飞，文化昌盛，此乃盛世之象，当以诗歌颂之。然当今世界，处百年未有之大变局，机遇挑战并存。人类立于战争与和平之十字路口，战争、和平或冷战，如剪刀石头布之戏，前途未卜，令人忧思难安。诗与远方，乃凡人之美梦、价值之依托。无论诠释古典，还是返本开新，皆为讴歌真善美，拯救道德灵魂，祈寰球同此凉热。心若明镜，则事物洞照；念若菩提，则因果分明。余愿以诗为刃，剖析世情百态；以词为灯，照亮心路前程。

「大河潮汐清还浊，行道遮天有若无。」余观今之诗坛，虽流派众多，产量丰硕，然能守正创新者寡矣。故余不揣冒昧，致力于融合古今之长，采古体之自由奔放，纳格律之严谨规范，欲使所作之诗既有古风之雄浑壮阔，又具近韵之清新冲淡，更有些许价值关切及审美趣味。虽不能至，心向往之。

余笨鸟先飞，笔耕不辍，巧在见微知著，贵在持之以恒，意在抛砖引玉，积卷数册。此集之中，有抒情之章，感悲天悯人之情，叹四时之无常多变；有写景之篇，绘山川之秀，敬自然之神奇美妙；有咏物之作，托物言志，寄情于笔墨纸笺。或豪放不羁，或婉约细腻，或雄浑大气，或冲淡平和，皆为余心之所向，情之所钟。

「笔耕墨染唐宋韵，心赋情吟日月诗。」愿此书能为诗道之传承发展略尽绵薄，能为诸君赏诗作诗提供些许启示共鸣，更冀望 AI 时代之后来者，欣然拥抱无用之用，睿智洞察变与不变，继往开来，创诗之新辉煌。

时岁在甲辰，阳光谨记。

斯阳　于丽娃河畔

二〇二四年孟秋